新 潮 文 庫

キャラヴァンは進む

銀河を渡るＩ

沢木耕太郎著

新 潮 社 版

11994

目次

キャラヴァンは進む

銀河を渡るⅠ

ペルノーの一滴

宮脇愛子のエッセイ集『はじめもなく終りもない』の中に、水彩画のように淡いがなぜか深く心に残る情景を描いた短い文章が収められている。

時は一九六二年の秋の夕暮れ、場所はパリの街角のとあるカフェ。若い宮脇愛子は数人の老人たちとテーブルを囲んでいる。

老人たちはペルノーを飲みながら昔話をしている。一九二〇年代のパリ、そこでの彼らの生活ぶり。あのころの君は気取り屋だったな、とひとりが言うと、いや、大真面目だったのさ、と別のひとりが答える。あるいは、四十年も前の乱痴気騒ぎのパーティーの記憶が、当時の女性たちの美しさの思い出を呼び覚ましたりもする……。

そうしたとりとめもない話は、しかし一九二〇年代のダダやシュールレアリスムの芸術家やその周辺の出来事を鮮やかに現前させてくれるものだった。それもそのはず、その老人たちとは、マン・レイであり、ハンス・リヒターであり、ナウム・ガボだったからだ。

彼らの傍らで耳を傾けているうちに、あらゆる現実的なものに絶望し、おおげさな形や色に興味を失って途方に暮れていた宮脇愛子に、啓示に似た瞬間が訪れる。《この人たちの何という自由な動き、自由なまなざし——。／白濁した液体であるペルノーの一滴一滴は、私の身体（からだ）中をしばりつけていたかと思われるわなをゆっくりと、そして確実にといていく作業にかかってくれたようであった》

パリにおけるその夕暮れの数時間は、宮脇愛子が彫刻家としての自分を発見していくための黄金の刻（とき）でもあったのだろう。

それから十年後の一九七二年の春の宵、大学を出たばかりの若造だった私は、ホノルルのシーフード・レストランで数人の年長者とテーブルを囲んでいた。それは私にとってすべてが初めての経験となる異邦への旅の一日目のことだった。

食前酒を飲み終わる頃、ウェイターが料理の注文を取りにきた。メイン・ディッシュを決め、サラダを決めると、ウェイターが早口で訊（たず）ねてきた。学校でしか英語を学んだことのない私には、彼の英語が聞き取れなかった。二度ほど訊（き）き返したがわからない。するとその場にいたひとりの女性がこう言った。

「ドレッシングは何にするかと聞いているのよ」

私は少し恥ずかしくなり、慌(あわ)ててフレンチ・ドレッシングはありますかと訊ねた。訊ねたつもりだった。しかし、私の英語はまったく通じない。すると、また同じ女性が教えてくれた。

「そういう時はね、have を使えばいいのよ」

言われた通りにハヴという動詞を使って訊ねると、ウェイターはいとも簡単に私の言いたいことを理解してくれた。そのとき、私はたったひとつの単語、たったひとつの言いまわしを知ることで世界が開けるということを知ったのだ。そして、そのときのその女性の口調は、何も知らない私を哀れんだり蔑(さげす)んだりすることのない、それでいて過剰な優しさをにじませることのない、見事なくらいさりげないものだった。

私はハワイ沖でとれた白身魚のムニエルを食べながら、同じようなさりげなさでその女性の口から発せられるマン・レイやイサム・ノグチの話に聞き惚(ほ)れた。そしてぼんやり思ってもいた。自分はいつの日にか、今日手に入れた〈have〉という言葉ひとつを武器に、世界を歩いていくことになるかもしれないな、と。

さらにそれから二十年後の一九九二年、バルセロナで催されたオリンピックの会場で、私は宮脇愛子の作品に遭遇することになった。磯崎新が設計したスポーツパレス前の広場に、宮脇愛子の「うつろひ」シリーズのひとつが設置されていたのだ。バルセロナの「うつろひ」は、彫刻として永遠を目指しながら、時間による侵食を受け、やがては朽ち果てることになるだろう刹那をも含んで美しく揺れていた。私はその「うつろひ」が抱え込んだ永遠と刹那を陽の光で透かし見ながら、耳元にホノルルのレストランで初めて聞くことになった宮脇愛子の特徴ある声を甦らせていた。くぐもった低い声に、時として硬質の高い声が混じる、あの声を。

（94・4）

買物ブギ

およそ私に欠けている情熱のひとつに買物に対する情熱が挙げられるかもしれない。物を買うことが楽しい、という感覚が決定的に欠けている。物を買うのが億劫(おっくう)で仕方がないのだ。家具や電化製品のような大きい物はもちろん、腕時計や靴といった小物を買うのも面倒臭い。できれば買物というようなことにはいっさい関わりたくないが、それでも買物をしなければならない時がある。

中でも憂鬱(ゆううつ)なのは服を買う時である。いつもジャンパーにジーンズしか着ていないように見える私だって、時にはジャケットの類(たぐ)いが必要になることがある。そうした時に、服を求めて店をうろうろしなくてはならないのが耐え難いのだ。あの、自分にはどのような服が似合うのかを見定めるため鏡の前に立つ瞬間というのは、人生の中でもっとも厭(いと)わしい時であるような気さえする。

ピート・ハミルだったかボブ・グリーンだったか、やはり自分に似合う服を探して店をうろつくのがいやだというアメリカのコラムニストがいて、洋の東西を問わず、服を買うのが嫌いな男というのはいるのだなと妙に安心した覚えがある。

物は一切いらない、この身ひとつあればいい、というほど達観はしていないが、とにかく買物が楽しいという感覚だけは理解できない。稀にデパートに行かなくてはならないことがあると息苦しくなってくる。都会の雑踏を歩くのは嫌いではないが、買物客のあいだを縫ってデパートを歩くのは、私にとってあまりいい気分のものではない。そして、なんだってこの人たちはこんなに買うことにエネルギーを注げるのだろうと茫然としてしまう。

茫然。いや、ここではどこかに驚き呆れるという気持が含まれているはずだから、呆然、と書くべきだろう。確かに、私は人の買物姿を見るたびに呆然とする。

外国でも、ニューヨークの五番街やパリのフォーブル・サント・ノーレ界隈で買物に狂奔している観光客の姿を見かけると、思わず眼をそむけたくなってしまう。それはひとり日本人ばかりでなく、最近では、韓国や台湾の観光客もすさまじい勢いで買物をしている。

しかし、その外国で、買物に熱中している観光客の姿を見て、いちどだけ「呆然」

としなかったことがある。

　二年前、私は秋から冬にかけていくらか長めの旅をした。カナダ、メキシコ、キューバ、アメリカを経てヨーロッパに渡り、フランスを経由してトルコに入った。その折り、十七、八年ぶりにイスタンブールに滞在した。

　空路でイスタンブールに入ったのも初めてなら、空港からタクシーに乗るなどという贅沢をしたのもトルコでは初めての経験だった。宿も、一円の金を惜しんで安宿を探しまわった以前の旅とは違い、タクシーの運転手の勧めるホテルに泊まるという酔狂をする余裕さえあった。おかげで、ペリカン・ホテルなどというおよそイスタンブールに似つかわしくない名前のホテルに泊まることになってしまったが、それはそれでまた面白い経験だった。

　そのペリカン・ホテルを足場に、以前の記憶のままにイスタンブールの旧市街を歩きまわった。

　当然のことだがイスタンブールは変わっていた。なにより、かつて私たちのような金のない旅行者が多く集まっていたブルー・モスク周辺の安宿街が様変わりしていた。私が泊まったホテルはなくなっていたし、よく通った食堂もなくなっていた。

変わらずにあったのはプディング・ショップだけだった。しかし、そのプディング・ショップすらも、ヒッピーの情報交換の場所としての役割は終えているようだった。店構えが小綺麗になっているのはいいとしても、店の前に出ている大きな看板には「プディング・ショップ」という名前とは別に「ワールド・フェイマス〈世界的に有名〉」というキャッチ・コピーまで書き込まれている。そして、ガラス越しに内部を覗くと、クロスのかかったテーブルでは、きちんとした身なりの観光客が行儀よく食事を取っていた。今やプディング・ショップは「ワールド・フェイマス」な観光名所になっていたのだ。

変わっていたのはそれだけではなかった。ブルー・モスクとグランド・バザールを結ぶイェニセリレ通りには車と人が溢れていた。もちろん、それは以前も同じだった。広場には露天商がいて、歩道にはいたるところに商品を手にした流しの売り子がいる。しかし、驚いたことに、その彼らの眼の前を歩いてもいっこうに声を掛けられないのだ。たまに呼び止められても、いらないと手を振ると簡単に引き下がってしまう。そんなことは以前では考えられないことだった。最初のうちはどうしてかわからなかったが、やがてその理由がわかってきた。彼らは私たち日本人など相手にしていなかったのだ。

では、誰を相手にしていたのか。

彼らがしつこく食い下がっている相手は白人のようだった。そう思ってイェニセリレ通りを見まわしてみると、以前には考えられなかったほど多くの白人観光客が歩いている。彼らは世界に冠たるアメリカ人観光客なのだろうか。いや、着ているものや雰囲気からアメリカ人ではないことはすぐに想像がついたが、売り手と交渉している彼らの言葉がもうひとつわからない。ラテン系の言葉ではないし、ドイツ語とも違う。そこで、ホテルの雑用係の少年に訊ねてみると、彼はいささか侮蔑の念をにじませながら、その国籍を列挙しはじめた。

「ハンガリー、ユーゴ、ブルガリア、ルーマニア、ポーランド……」

要するに東欧圏のほとんどすべての国から来ているということらしい。

それ以来、イェニセリレ通りを歩くたびに注意して眺めていると、車道にはいつも大型の観光バスが駐車していることがわかった。バスの席の半分は空いていて、夕方になると、大きな荷物を抱えた乗客が続々と戻ってきてはそれを空いた席に詰め込む。

「あいつらは、国に戻ってあれを売るのさ」

雑用係の少年はそうも言っていた。つまり東欧圏の人々は、このイスタンブールキで買い出しにきているということなのだ。しかも、バスで。考えてみれば、イスタンブールと東欧とは地続きなのだ。国境さえ自由に往来できるのなら、バスで買い出しにくることに不思議はない。だが、実際にこの眼で見るまで、イスタンブールが旧体制崩壊後の東欧の人々にとっての買い出しの市場になっているとは思ってもみなかった。

彼らの買物に対する情熱は半端なものではなかった。バスで乗りつけ、降りると、寄ってくる物売りから大きな布製のバッグを買う。それはベネトンのロゴが逆さについているような粗雑なものだが、一種の買物袋なので気にも留めない。そこに安物の衣料品を中心に大量の品物を詰め込んでいく。その買い方を見ていると、商売としての買物という以上の熱気が感じられた。手に取り、丹念に眺め、値段を訊き、値切りに入り、ようやく話がまとまる。その一部始終を彼らは嬉々としてやっているように見えたからだ。

冷静に考えてみれば、このように豊富な品物を前にしてあれこれと迷えるということと自体が彼らにとっては初めての経験かもしれない。イェニセリレ通りの東欧人の体からは買物をするということの喜びが溢れ出ていた。やがて私は、大きなバッグを手にイェニセリレ通りを行ったり来たりしている彼らの姿に「呆然」とすることがなくなったばかりでなく、親愛の情さえ覚えるようになったのだ。

彼らは今でもイスタンブールに買い出しに行っているのだろうか。そして、今でもあのように歓喜に満ちた様子で買物をしているのだろうか。もしそうだとすれば、新しい体制のもとでも、依然として買物に対する飢餓感は満たされていないということになるのだが。

（94・10）

トランジット・ゾーン

去年の秋、取材のためアメリカを訪れていた私は、途中でどうしても香港に行かなくてはならない用事ができ、そのたった一時間のためにニューヨークから香港へ飛び、用事を済ませるとその足でニューヨークにとんぼ返りをするという、実に馬鹿ばかしいことをしなければならなくなった。

ニューヨークから香港への直行便はない。そこで、ニューヨークからいったん日本へ戻り、成田で香港行きの便に乗り換えることにした。しかし、その二つの便の間にはかなりの時間差があり、私は空港内でしばらくトランジットの時間を過ごさなければならなかった。

香港行きの便を待つあいだ、到着ゲートからトランジットのゾーンへ移動し、人影もまばらな空港内をぶらぶらした。すると、そこはいつもと変わらぬ成田空港であるはずなのに、その時の私の眼にはまったく異なる貌を持った見知らぬ空港のように映りはじめた。そして、それと同時に、どことなく不安になってきた。すべてから切り離され、宙ぶらりんにされてしまったような奇妙な感じがしてきたのだ。

あるいは、それはトランジットという状態そのものが持つ不安さだったかもしれない。ひとつの国を出ていながら、まだどこの国にも正式には入国しておらず、宙ぶらりんの状態になっている。そもそも、成田という空港は、私にとっては常にスタートかゴールの地点であり、そこでトランジットすることなどこれまで一度もなかった。本来はゴールであるべき空港でトランジットしているということが、いま自分が宙ぶらりんの状態にあるということを、よけい際立たせることになったのかもしれなかった。

だが、宙ぶらりんということなら、それはトランジットだけに限ったものではないとも言える。異国を旅するということは、属している国から切り離され、恒常的に宙ぶらりんの状態に置かれるということでもあるのだ。たとえ旅行者が、目的の国に着き、イミグレーションで入国許可のスタンプを押してもらい、税関を無事に通過したとしても、彼がその国にとってはトランジット・パッセンジャー、乗り継ぎ客のひとりであることは変わらない。自国を離れた宙ぶらりんの状態にある人間であることに変わりはないのだ。とすれば、異国を旅するということは、無限のトランジットを重ねることと言えなくもない……。

　そんなことを考えながら香港に到着し、相変わらず猥雑（わいざつ）な香港の街を歩いているうちに、ここに住むすべての人は、自国にいながらトランジットの状態にあるのかもしれないなと思えてきた。かつて中国から切り離された香港は、今度はまたイギリスから切り離されようとしている。着地が予定されている新しい中国においても、どのような社会になるかは誰もわかっていない。香港は壮大なトランジット・ゾーンではないのか、と。

　そういえば、マカオのカジノに行くと、平日でもあふれるように客が入っている。そのほとんどは香港からの客だ。ごく普通の香港の男女が眼を血走らせるようにして博奕（ばくち）に熱中している。しかも、レートは以前と比べものにならないくらい高いものが幅を利（き）かせ、とりわけバカラのテーブルでは、五万香港ドル、十万香港ドルといった超高額チップが山のように積まれたままディーラーと客の間を行き来している。その過熱ぶりは、最近とみに目立つようになっている。

　もしかしたら、マカオのカジノがいつ行っても香港の人びとであふれ、高いレートのテーブルの周りに異様な熱気が立ち込めているのは、トランジットの状態にあるという不安をうっちゃろうとする彼らの工夫のひとつなのかもしれない、などと思ったりもする。

もっとも、チャイニーズが世界に冠たる博奕好きであることが疑いえないところである以上、どんな状態にあろうと、マカオは不滅であるのかもしれない。

（95・12）

カジノ・デイズ

　私は基本的に博奕好きではない。だから、日常的に競馬場や競輪場に足を運んでいたり、頻繁に麻雀(マージャン)の卓を囲んだりしているということはない。

　かつて蠣殻町(かきがらちょう)で会ったことのある相場師は、商品相場という国家公認の大きな博奕場があるというのに、どうして競馬だの麻雀だのという小博奕をしなければならないのかわからない、と言っていた。しかし、私が博奕をしないのはその相場師のように大博奕をしているからというのではない。人生において右か左かという選択をするとき、私はかなり大胆な、だから他人から見れば博奕的な行動を取るらしいが、博奕そのものはさほど好きではない。たぶん、金が増えたり減ったりするということにあまり関心がないからだろうと思う。

　私はこれまで財布というものを持ったことがない。金はそのとき使えるだけのものがジーンズのポケットに突っ込まれている。それがなくなれば、またあるだけの金をポケットに突っ込んでおく。かりに、使える金がなくなり、ポケットに一円も入れられないようなときがあっても、それはそれで構わない。金を使わないで過ごすことが苦痛ではないからだ。あればあるだけ使ってしまうが、なければないでいつまでも我慢することができる。いや、それを我慢とも思わない。私にとって個人的に必要な金とは、わずかな本代と酒代だが、本と酒がなければ日が過ごせないということもない。大学時代まではいろいろアルバイトをしたが、学校を出てからは金を得るため必死で何かをしたという記憶がない。金はいつもなかったが、それで苦労したという記憶がないのだ。そのような私が博奕に「淫（いん）する」はずがない。

だが、ただ一度だけ、二十代の時の長い旅の途中で博奕をしつづけたことがある。それはマカオのカジノの大小（タイスウ）という博奕だった。足掛け三日にわたって大小のテーブルにへばりつき、金を賭（か）けつづけた。そのときは、博奕に「淫する」気持がわずかながら理解できたように思えたが、旅から帰ってくるとまた博奕は遠くなった。

その私が、八年前からカジノに通い詰めるようになったのには理由がある。簡単に言ってしまえば、私はバカラを発見してしまったのだ。いや、バカラに発見されてしまったと言い換えてもよい。

もう十年になろうとしているが、その年、阿佐田哲也こと色川武大が死んだ。しかし、私にとって何人もいないはずの敬愛する先輩の死に際して、私は一編の追悼文すら書くことができなかった。書けなかったというより書きたくなかったのだ。追悼は、ひそかに、ひとりで行いたかった。

半年後、私はマカオのカジノに行った。それは、色川武大が「いつか一緒にマカオのカジノに行こう」と言ってくれていたことをふと思い出したからだ。色川武大が、同じカジノでもラスヴェガスやモンテカルロではなくマカオを挙げた理由は、私が文庫の解説を書くことになった彼の『新麻雀放浪記』の舞台がマカオだったからである。私は、色川武大を追悼するため、ひとりでマカオのカジノに行くことにした。

私はそこで初めてバカラに遭遇した。

なぜ、バカラだったのか。それは、『新麻雀放浪記』の主人公である「坊や哲」が、最後の最後に大勝する博奕がバカラということになっていたからだ。私はどうせ色川武大の追悼のためなら、まったく未知の博奕であるバカラをやってみようと思った。

そして私はマカオのカジノ・ホテル「リスボア」でバカラのテーブルに座りつづけた。やがて一週間が過ぎ、なにがしかのチップを握ってバカラのテーブルを後にしたとき、私は色川武大の追悼という最初の目的をなかば忘れ、バカラという博奕に思いがけないほど強く惹きつけられている自分に気がついて驚いた。

バカラとは、日本で言えばオイチョカブのような博奕である。カードをバンカーとプレイヤーの二方に二枚、場合によっては三枚配り、合計数の下一桁の大小を競うというものだ。つまり、最高は九であり、最低は〇ということになる。

私がこの博奕に惹かれたのは、競馬や競輪のように他人に最終決定権を持たれているということもなく、すべてが自分の責任において判断できるというところにあった。バンカーが勝つかプレイヤーが勝つか。すでに決定されているカードの目を、オープンする前にただひたすら読めばよい。負ければ他の誰でもない自分が悪いだけなのだ。そこには、天候とか、選手の調子とか、ディーラーの腕とかに責任を転嫁できない厳しさがあるが、偶然の要素によって読みを覆されない心地よさがある。しかも、胴元であるカジノに払うコミッションが、約二・五パーセントと桁外れに安い。

私はマカオからの帰りの水中翼船の中で、一週間の勝負のあれこれを思い出しているうちに、このバカラという博奕の必勝法を見いだしたいという途方もない願望を抱いてしまったのだ。

博奕に必勝法などあるはずがない。あればとっくにカジノがつぶれている。しかし、それでも必勝法を見つけたい。いや、必勝法などないということが骨身にしみてわかればそれでもいい。私が必勝法を見つけたいと思ったのは、金を稼ぎたかったからではないからだ。私はバカラという博奕と「戦いたい」と思ってしまったのだ。

以後、そのような思いを抱きつつ、さまざまなカジノで何昼夜も何十昼夜もバカラをしつづけてきた。

発端となったマカオのカジノはもちろん、アメリカのラスヴェガスとアトランティック・シティー、プエルトリコのサンファン、オーストリアのウィーン、フランスのニースとカンヌ、モナコのモンテカルロ、ポルトガルのエストリル、ハンガリーのブダペスト、トルコのイスタンブール……。

では、バカラに必勝法はあるのか。

現時点では、あるといえばあるし、ないといえばない、としか言いようがない。ただ、私がトータルで小さく勝ちつづけていることだけは確かである。だが、それは私の経験的な手法によって勝っているだけで、誰もが同じように勝てる方法論、つまり必勝法にまで昇華されていないのだ。

ところで、私と同じようにバカラに対して強い執着心を持っている人にプロ麻雀士るらしいのだ。

の田村光昭がいる。彼もまた、カジノのバカラでいかに勝ち越すかを考えつづけている。

ある晩、田村光昭と新宿の酒場でばったり出くわした。そこで、彼もまたバカラを好んでやっているという話を聞いた。麻雀での稼ぎの足りない部分を補うため、年二、三回はマカオへ長期滞在してバカラをやりつづけているのだという。そのとき田村光昭から聞いた話の中で、最も強い印象を受けたのは「日当」という考え方だった。私はそれについて、ある雑誌で井上陽水と対談した折りに、畏敬の念をこめて話したことがある。そもそも田村光昭を私に紹介してくれたのは井上陽水だったからだ。

そのときのやり取りを記せば、以下のようになる。

沢木　麻雀の田村光昭さんもよくバカラをマカオにやりに行くらしいんだ。で、バカラの話をしたことがあるんだけど、田村さんは絶対の方法があるなんて夢にも考えない。考えないけど、彼が言ったことですごく新鮮だったのは、「一日の日当分を稼いだらやめます」って言ったのね。僕には日当分稼いだらやめるっていう発想は本質的にないわけですよ。別に日当は欲しくはないわけ。だけど、それはすごく深い話で……。

井上　ちょっと、こたえるよね。
沢木　こたえた。日当分稼いだらその日は終わって、あとはサウナなんかでマッサージしてもらいますっていうんで、上には上がいるなと思った。日当分稼いだらやめるっていうのは、彼はある程度経験則で勝ち越せるっていう感じがあるわけですよね。僕も経験則でやっていればほとんど負けないんです。しかし、それで勝っても僕にはあまり面白くない。僕は経験則ではなく絶対の方法を見つけたいんですよ。
井上　それは本にしたいぐらいだろうね。『ハウ・ツー・ウィン』という（笑）。
沢木　もし見つけたら、そこの部分だけ袋綴（ふくろと）じにするの（笑）。
以後、会話はあちらこちらに飛んでいったが、しばらくするとまたその話題に戻ってきて、井上陽水がこんなふうに総括した。
井上　でも、逆に言うと、日当分が浮けばいいっていうのは、むしろそっちのほうが押さえた感じがあって、大人っぽいし、玄人（くろうと）っぽいし。つまり、そこに夢なんか見てない感じが……たまたま沢木さんと比較すると、そっちのほうが深いですよね、博奕に対する認識が。

沢木　歴然とね。

井上　日当分でいいんだ、遊ばないんだということですからね。

ところが、しばらくしてまた田村光昭に酒場で会うと、雑誌に載ったその対談を読んだらしく、とても面白かったと言ってくれたあとで、しかし、あそこには誤りがあると言われてしまった。「日当分」ということについて、あなたは勘違いをしているというのだ。田村光昭によれば、やはり「日当分を稼いだらその日はやめる」ではなく、「日当分を失ったらその日はやめる」なのだという。一日の日当はこれくらいと自分で決めておき、それを失ったら潔くバカラのテーブルを立つのだという。

そう言われて、また考え込んでしまった。

私と井上陽水は、勝っているにもかかわらず、一日の予定の稼ぎがあればそこでやめてしまう、というところに職業的なギャンブラーの凄みを感じていた。ところが、実際は、その日の限度額以上はプレイしないという、ごく普通の考え方だったのだ。

しかし、である。勝っているのにそこでやめてしまうことが本当に「凄い」振る舞いなのか。限度がきたらそこでやめるということがそれほど「普通」なことなのか。

実は、考えれば考えるほどわからなくなってくることではあったのだ。たとえば、博奕には勝つ日もあれば負ける日もあるという前提に立つなら、勝っている日の儲けの額に上限を設けるのはかなり危険なことと言わざるをえない。なぜなら、勝てるときに勝っておかなければ、負けを吸収しきれない可能性が出てくるからだ。また、限度額を超えたらやめるという自制心は、実は最も素人に持ちにくいものだともいえる。

では、カジノで勝ち越すためには果たしてどちらがいいのか。日当分だけ浮いたらやめるのか、限度額だけ沈んだらやめるのか。あるいは、その両方を組み合わせるべきなのか……。

ことほどさように、博奕においていかに勝つかということについての考え方は多様なのだ。誰にとっても、必勝法までの道程は遠いということなのだろう。

だが、私はまだ絶対の方法を見つけようという意志を捨ててはいない。少なくとも、絶対の方法が存在しないということを納得するまでバカラをやりつづけるだろう。まだ行ったことのない南米のカジノとオーストラリアのカジノに行き、最後はマカオでバカラをすることになるだろう。腹の底から納得できるまで、何週間でも、何カ月でも……。

（98・6）

マカオの花火

三年前、ラスヴェガスでボクシングのタイトルマッチを見た。マイク・タイソンがイヴェンダー・ホリフィールドの耳を嚙み切った、あの試合だ。

その帰り、どうやって日本に帰ろうかぼんやり考えながらタイム・テーブルを見ていると、ユナイテッド航空にサンフランシスコから香港へ向かう直行便というのがあることに気がついた。

これには驚かされた。私には、アメリカの西海岸からユーラシア大陸の東端へ行くには、物理的にも経済的にも日本を経由しなくてはならないという先入観があったからだ。ところが、現実には、ノンストップで太平洋を飛び越す便があったのだ。

私はその飛行機に乗ってみることにした。東京に帰るのには少し大回りをすることになるが、それはノンストップで太平洋を越えるということの醍醐味に比べればなんということもなかった。

ところが、予約の電話を入れると、満席だという。残念、諦めて電話を切ろうとすると、オペレーターがちょっと待てという。そして、いま一席だけキャンセルがあった、よければ取るがと言う。私は喜んで予約した。

飛行機は満席状態だった。その理由は香港に着陸するときになってわかった。なんと、その日は「ブリティッシュ・ホンコン最後の日」、つまり香港返還の当日だったのだ。

香港返還に際しては私などにもいくつか仕事の依頼があった。しかし、中国に返還された香港がどうなるかには興味があるが、香港返還のセレモニーそのものには興味がない、とすべて断っていた。それがまさに返還当日に香港に行くことになってしまった。その偶然は面白かったが、香港に来ているだろう友人や知人に、やはり香港返還を見たかったのではないかと思われるのもしゃくである。

そこで、飛行機がカイタク空港に着くと、その足で空港前から出ているバスに乗った。行き先は香港島の中環〈セントラル・ディストリクト〉にあるマカオ埠頭。そこからはマカオ行きのフェリーが出ている。つまり、私は返還に沸く香港を素通りしてマカオに行こうとしたのだ。

午後七時二十五分に埠頭に着くと、七時半のフェリーが最終だと言われた。ヴィクトリア湾で行われる大花火大会のため、湾が封鎖されるのだという。私が少し慌てて「席はあるか」と訊ねると、窓口の若い男に笑われてしまった。わざわざこんな口に香港からマカオに出て行く人はいませんよ、と。

確かに、乗り込んだフェリーにまるで客の姿はなかった。私を含めて七、八人しかいない。小雨の降る中、閑散とした船室のフェリーはマカオ埠頭を静かに離れ、正確に一時間後、マカオに着いた。

私はいつものようにタクシーでリスボア・ホテルへ向かった。香港では返還を当て込んだホテルがとてつもない高値をつけていると聞いていたが、リスボア・ホテルは通常と変わらないレートで泊めてくれた。

しかし、リスボア・ホテルの真ん前にそびえている中国銀行のビルの壁面に、香港の「祖国回帰」を祝う大きな看板が出ている。部屋でシャワーを浴びた私は、地下のカジノに降りて行くついでにフロントで訊ねてみた。香港返還を記念してマカオでも何か特別な行事をやるのか、と。すると、日本語を話すレセプションの女性がにこやかに答えてくれた。

「ハナビ、やります」

マカオで見る香港返還の祝賀花火というのは悪くなかった。時間を訊ねると、午前零時からだという。

二時間ほどカジノのバカラのテーブルに座っていたが、午前零時が近づいてきたので適当なところで切り上げて外に出た。

リスボア・ホテルの前の公園には、さぞかし多くの人が出ているだろうと思っていたが、予想に反してほとんど人影がない。恋人同士らしいカップルが数組と、同性のグループがいくつか、それと家族連れが二組。花火見物はたったそれだけだった。

やがて、午前零時になり、降ったり止んだりの雨空に花火が打ち上げられはじめた。ところが、その花火が、見物人の数と見合った不景気なものだった。

打ち上げ場所は、公園の前に広がる埋立地と沖合にあるタイパ島とのあいだの海である。その海に向かってポンと打ち上げられると、数分してポン……ポンと二発が打ち上げられる。これで勢いがつくのかと思っていると、また数分の間があって、ポンと一発打ち上げられる。そうした調子の打ち上げが果てしなく続くのだ。不景気なことおびただしい。

しかし、そこでぼんやりと見ているうちに、こうしたのんびりした花火も悪くないと思えてきた。一発一発をしみじみと鑑賞できるし、三発も連続して打ち上げられると素朴に「すごい！」と思えてくる。私たちが日本のさまざまな場所で見ている、何十発も連続して打ち上げられる派手で多彩な花火だけが花火ではないのだ。

ほぼ一時間、ぽつりぽつりと打ち上げられるマカオの不景気な花火を、しかし私はとても幸せな気分で眺めつづけた。わずか数十人の観客と共に。

（00・6）

神様のプレゼント

旅はもうひとつの「生」を生きるためのものだ、という考え方がある。旅は、一時的ではあれ、「私」をここではないどこかに連れ去り、仮構の「生」を生きさせてくれるものだ、と。

しかし、旅はそうした予期せぬ出来事を期待する「夢見た旅」だけで成り立っているわけではない。「余儀ない旅」をしなくてはならない人にとって、旅は予期せぬ出来事など起こってほしくないものとしてある。

アメリカの女流作家アン・タイラーに『アクシデンタル・ツーリスト』という小説がある。その主人公は、ビジネスなどで外国を旅行する人のために、どうしたらいつもと変わらぬ日常的な生活を送れるかの情報を記したガイドブックを書いている。つまり、それは「何も起こらないことを望む旅人」のためのガイドブックということになる。

何かが起こってほしいと望む旅人と何も起こらないことを望む旅人。一見するとまったく違うタイプのようだが、ひとりの人が、時によって、状況によって、どちらの旅人にもなりうるものなのだ。

この六月、私はサッカーのワールドカップを取材するため、何度となく日本と韓国を往復した。正確には九回。サッカー専門のライターからも、さすがにそれだけの回数を移動した人はほとんどいないだろう、と妙な褒め方をされたくらいだ。多くのサッカー・ライターは、日本と韓国のどちらかに重点を置いて試合を見ていた。しかし、私は東京とソウルにベースを置き、両方の国を見渡すというスタンスを取ることにしたのだ。

このときの私は、いつもと違い、旅の途中で「何も起こらないことを望む旅人」であったろう。大事なのは試合を見ることである。それを妨げることは起きてほしくなかった。しかし、それだけ激しく移動を繰り返せば必ず何かが起きるものなのだ。

あるとき、韓国の大邱（テグ）で行われる試合を見るため、早朝に羽田から関西空港に行き、あとは国際線で釜山（プサン）に飛んでから陸路タクシーで大邱まで急ぐ、という綱渡りのようなことをしなくてはならないことがあった。それでも、キックオフにはぎりぎり間に合うかどうかという時間だったが、前夜は横浜で日本対ロシアという大事な試合があったため、それしか大邱に行く方法がなかったのだ。

ところが、数時間の睡眠を取っただけで朝早く起き、羽田から関空に飛び、さらに釜山行きに乗り換えたが、釜山の金海空港を目前にして濃霧のため着陸できず、飛行機は福岡空港に引き返さざるをえなくなってしまった。機内には私と同じ目的の人がいて、「これで大事な試合を見ることができなくなってしまった、どうしてくれる」と乗務員に怒りをぶつけている人もいた。

しかし、私には「いいだろう」という思いがあった。これもまた「旅の神様」のプレゼントなのだろう、と。

旅をしていると、そうした不思議な諦観が身につくような気がする。旅は常に予定通りに行くとは限らない。もし予定通りに行かないことがあれば、その予定外の旅を楽しめばいいではないか。予定通り行かないことに腹を立て、時間を虚しく過ごすのはあまりにももったいなさすぎる。

去年の秋、私はブラジルの奥地でセスナ機に乗っていて、墜落事故に巻き込まれたことがあった。幸い、打撲傷程度で助かったが、現地の報道によれば、助かったのは「奇跡的」ということだった。私は救急車で近くの町の病院に運ばれ、外科の救急治療室に搬入された。それから検査と治療が延々と続けられたのだが、私はそこで、続々と運び込まれてくる現地の救急患者に目を奪われてしまった。刃物で腹を刺された者、オートバイに引きずられて全身が赤剝けになった者、異物で眼球を抉られてしまった者、拳銃の弾丸が何発も撃ち込まれてしまった者。私は自分が飛行機事故に遭ったことなどすっかり忘れ、彼らが治療される様子に見入ってしまった。

そんなことが可能だったのも、怪我の程度が軽かったからだともいえるだろう。しかし、私に、自分の身に起こった「予定外」のことをどこかで面白がるという性癖があったことが大きかったと思う。旅の途中で墜落事故に遭ったが、とりあえず命は助かったのだ。あとは、連れてこられたこの百鬼夜行風の病院を楽しんでしまおう……。

もちろん、そこにおける「旅」を「人生」に置き換えることも可能だろう。人生は予定通りには行かない。だから予定通りには行かないその人生を楽しもうではないか、と。

そういえば、その大邱での試合は最終的に後半だけ見ることができた。再度、飛行機が福岡から釜山に向かうと、ふっと金海空港の上空の霧が晴れ、無事着陸に成功したのだ。そこからタクシーを飛ばした結果、辛うじて後半だけ見ることができた。しかし、後半しか見ることができなかったにもかかわらず、期間中に見た二十一試合の中でも極めて印象の強い試合となった。

もしかしたらそれは、「後半しか見ることができなかったにもかかわらず」ではなく、「後半しか見ることができなかったからこそ」なのかもしれない。そうだとすれば、それこそが「旅の神様」のプレゼントだったのだろう。

何事においても、予期せぬ何かが起きたとき、それを柔軟に受け止めることのできる自分を作る必要があるような気がする。もしかしたら、旅はそうした自分を作ることを手助けしてくれているのかもしれない。

（02・11）

セントラルパークで

自分でも奇妙に思うのだが、私は旅に出ると本当に不思議なことに出会う。不思議なことが向こうからやってくる、といったような気さえする。この五月から六月にかけて、久しぶりにニューヨークに行ったが、そのときにも実に不思議な人に遭遇した。

これまで、何回となくニューヨークには行っている。もしかしたら十回ではきかないかもしれない。しかし、その「ニューヨーク訪問」も、常に他のどこかに行く「ついで」に寄ったに過ぎなかった。アトランティック・シティーで行われるボクシングの世界ヘヴィー級タイトルマッチを見に行く途中だったり、カナダからフロリダへ行く経由地としてだったり、とにかくニューヨーク訪問そのものが旅の目的だったことがない。だから、滞在もせいぜいが一週間程度ということになった。

しかし、今回はニューヨークが唯一(ゆいいつ)の目的地であり、用件をひとつ済ませば、あとはまったく自由に過ごせることになっていた。まさに、初めての「ニューヨークの休日」を楽しめることになっていたのだ。しかも、五月から六月と言えばアメリカの東海岸でも最高の季節であるはずだった。

ところが、残念なことに、到着して以来、ニューヨークは日本の梅雨時のように小雨が降りつづくことになった。大雨は降らないのだが、小雨が降ったり止んだりする。そのたびに折り畳みの傘を広げたり畳んだりしなくてはならなかった。しかし、それでも、わずかに雨の上がった日にはヤンキー・スタジアムでメジャーリーグ・ベースボールを見ることができたし、また、天気のいかんにかかわらず、ブロードウェイでミュージカルを見ることができた。

その日は珍しく午前中から晴れていた。そこで、セントラルパークまで散歩することにした。泊まっていたのは三番街にあるアパートメント・ホテル。朝食はキッチンで作って食べたが、昼はセントラルパークでサンドイッチでも食べようと思ったのだ。マディソン街の角でサンドイッチを買い、それを公園内のベンチの端に座って食べながら本を読みはじめた。

しばらくすると、ベンチの反対側の端に誰かが座った。他のベンチはいくつも空いているのに、わざわざこのベンチに座るとは物好きだなあと、少し迷惑に思いながら、しかし依然として本に視線を落としたまま読みつづけた。

すると、反対側の端に座った人が話しかけてくるではないか。

「沢木さんですか?」

日本語で、しかも口にしたのは私の名前だった。

そこで、顔を向けると、話しかけてきたのは日本人と思われる小柄な中年男性だった。

「そうですけど……」

私がどこかで会った人なのだろうかと考えながら返事をすると、その男性はこう言った。

「あなたとは、いつかどこかで会うと思っていました」

話しぶりによれば、どうやら私の読者であるらしい。

「あなたとは、同じ齢(とし)なんです」

「はあ……」

私が間の抜けた返事をすると、彼はさらにこう言った。

「あなたがロンドンを目指しているとき、僕はアムステルダムにいました」

そして、おもむろに彼は自分の人生を語りはじめたのだ。アムステルダムでヒッピーのような生活をしていたこと。スウェーデンの少女と知り合い一緒に暮らすようになったこと。アメリカへ行くための金を稼ごうと、二人で一時日本に戻ってきたこと。そこで、女の子をひとり授かったこと。しかし、結局、アメリカに行かないままその少女とは生まれたばかりの娘と共に別れてしまったこと……。

その話は、まるでもうひとつの私の人生を聞かされるような面白さがあった。

私は彼の話を聞きながら、前夜「キャデラック・ウインター・ガーデン」という劇場で見た『マンマ・ミーア！』を思い出していた。ベンチの反対側の端に座った彼の人生の物語は、どことなく、ソフィとその母親であるドナの側からではなく、ソフィの父親かもしれないと目される男たちの側から語られる『マンマ・ミーア！』のようだったからだ。

キャサリン・ジョンソン作の『マンマ・ミーア！』では、最後に若いソフィと恋人のスカイはどこかに旅立っていく。それがどこかは明示されていない。舞台であるギリシャからさらに東に向かったのかもしれないし、逆に大西洋を渡ってアメリカに行ったのかもしれない。アメリカのどこかの都市に腰を落ち着けたものの、ちょっとした行き違いから別れてしまい、そのあとでソフィのもとに生まれた子どもが、またたその父親を捜すなどということが起きなかったとも限らない。私がセントラルパークで出会った男の娘がそうだったように。

そう、ある日、彼の元に、赤ん坊の頃に別れた美しいハーフの娘が訪ねてきたのだという。イギリスから、彼女のボーイフレンドを伴って……。

もしかしたら、私が彼の話に惹きつけられたのは、連夜見つづけているミュージカルの影響で、彼の物語が日本製のミュージカルになるのではないか、などと頓狂なことを思ったからかもしれない。『マンマ・ミーア！』ならぬ、『アムステルダム』とか『愛の運河』とかいったミュージカルに。

（03・10）

七一一号室の彼女

　私は病院に入院したことがない。

　一度、アマゾンの奥地で飛行機事故に遭い、危うく入院させられかかったが、なんとかその日の深夜にはホテルに帰ることができた。日本では、看護のために病院に泊まり込んだことはあるが、それを入院とは言わないだろう。少なくとも、私は病院のベッドで眠るということを一度もしてこなかった。

　ところが、この夏、私は病院のベッドで三週間以上も眠ることになった。

　場所はギリシャのアテネ。オリンピックの取材者として、アテネのオリンピック組織委員会に割り当てられた宿舎が病院だったのだ。

　私は最初、自分が泊まるところがホテルではなく古い病院だと聞かされたとき、取り壊される寸前の病院が活用されているのだろうと思っていた。ところが、案に相違して、深夜アテネ空港に到着し、その病院に直行すると意外なほどきれいだ。これを取り壊すのはもったいないなと思ったが、それは私の早とちりだった。

　翌朝、私が泊まるよう指示された七階の「七一一」という部屋からロビーに降りて驚いた。診察を待つ患者であふれていたのだ。なんとそこは稼動中の病院で、宿舎不足の組織委員会のために、七階と八階だけを私たちメディアの人間のために開放してくれていたのだ。つまり、私は病院の七一一号室に「入院」したも同然だったのである。

　最初のうちは、病院に寝泊まりしているということがなんとなくしっくりこなかったが、二、三日もするうちにあまり気にならなくなってきた。気にしている暇がないほど忙しかったからということもあったかもしれない。

　困ったのは、病院の病室であるため机と椅子がないことだった。そこで、試合の合間を縫って近所のスーパーマーケットに行き、使い捨てることを前提に安い椅子を探した。広い店内を隈なく歩くと、奥の奥に、狙いどおりの安直なストゥールがある。値段は二ユーロ四十セント、約三百二十円である。私はそれを買い求め、病室の冷蔵庫脇についていた台の前に置いてみた。すると、ちょうど原稿を書くのにぴったりの机と椅子の代用になるではないか。

これによって、私の「入院」生活もかなり改善されることになった。アテネでは、その病院と、活字メディアのジャーナリストのためのメイン・プレスセンターと、試合が行われる各競技場を行き来するだけの日々を送った。そうした行き来の中で、旧知のジャーナリストに出会って、驚いたり喜んだりすることが何度もあった。

ある日、競技場に向かうバスの中で、ロサンゼルス大会の時に一緒に取材したカメラマンに会い、いま病院の病室に寝泊まりしていると話すと、こんなことを言われた。

「そんなところで寝ていて、変な夢でも見ませんか」

別に、と一笑にふしたあとで、いやと思い返した。そういえば、明け方、妙な夢を見たことがあったのを思い出したのだ。

窓の外がいくらか明るくなりかけている。目をやると、窓際（まどぎわ）に女の人が立っている。ぼんやりしていて誰かはわからないが女の人らしいことはわかる。私はおよそ超能力とか霊感とは無縁のたちで、超常現象に出会ったりすることもまったくない。だから、そのときもこう思っただけでまた眠りに落ちてしまった。ああ、自分は、窓際に女の人が立っているという夢を見ているのだな、と。

実際、その認識は間違いないものだったろうが、知人と話しているうちに、もうひとつの大事なことを思い出してしまったのだ。

それは、私が寝泊まりしているのが産婦人科の専門病院だということだった。ロビーで見かけるのは女性の患者か、生まれたばかりの赤ちゃんを抱いている若い夫婦である。しかし、そうだということは、私の部屋に入院していたのも女性であり、中には亡くなった女性がいないとはかぎらないということになる。

そういえば、と私が彼女の話をしはじめると、その知人が真顔になって訊ねてきた。

「その女性は、日本人のようでしたか、外国人のようでしたか」

思い起こしてみると、髪は肩まであって、その色までは見当がつかないが、なんとなく彫りは深そうだった。私がそう言うと、知人が言った。

「きっと、その病室で死んだ女性なんじゃないですかね。何か思いを残したまま」

あるいは、彼の言うとおりなのかもしれない。そう思った私は、その日、メイン・プレスセンターに戻ったあとで、ギリシャ人のボランティアに「どうかしましたか？」というギリシャ語を教えてもらった。今度彼女が出てきたらそう訊ねてみようと思ったのだ。しかし、よく考えてみれば、私の問いに応じて彼女が何かを答えてくれたとしても、私にはその答えの意味がわからない。そのことに気がついて、はたと困ってしまった。

だが、それ以来、彼女は二度と七一一号室に現れることはなかった。私におよそ「霊」に対する関心がなく、しかもそうしたものに感応する能力が不足しているのを見て取り、相手もつまらなくなって一度で懲りたのかもしれない。ただ、時折、額縁の絵が斜めになっていたり、音のするはずのないところでミシミシといったりするという、まるでホラー映画の中の出来事のようなことが散発的に起きることはあった。

やはり、そこには誰かがいたのだろうか？

（04・11）

エリザベートの鏡

先日、衆議院議長になった旧知の政治家から電話があった。久しぶりに会いたいので食事でもしないか、というのだ。そして、もしよければ、衆議院議長公邸でどうだろうかという。私は小学生の頃の「都内見学」に出かけるつもりで了解した。

かつて、東京の小学生には「都内見学」という恒例の学校行事があった。遠足が東京近郊や関東近県の、たとえば高尾山とか鎌倉や江ノ島、鋸山（のこぎりやま）といったところに行くのに対し、その「都内見学」では、国会議事堂とか科学博物館とかいう、まさに「都内」の、意外な近さにある諸施設を訪ねることになるのだ。

私は衆議院議長公邸がどこにあるのかはもちろんのこと、そのようなものがあることすら知らなかったが、約束の日に案内されて驚いた。なんとそれは赤坂見附（あかさかみつけ）に建つホテルの真裏にあったのだ。そういえば、いつもそこを通るたびに、ずいぶん広い庭のあるところだなとは思っていた。いずれ官公庁の付属施設だろうと察しはついていたが、そこが衆議院議長公邸だとは知らなかった。

その衆議院議長公邸で、久しぶりにあった旧知の政治家は、以前に比べて格段に顔色がよくなっていた。かつての彼は、C型肝炎によって肝硬変の寸前まで行き、どす黒いという形容がふさわしい顔色をしていた。そして、このままだと余命いくばくもないということになって、長男が生体肝移植を申し出た。当然のことながら、息子の肝臓を貰うようなことまでして長生きしたくないと断ったが、親孝行のうえに意固地な長男の説得にあい、しぶしぶ移植手術を受け入れることになった。そして、その手術は大成功し、健康的な顔色を取り戻したというわけなのだ。

「顔色がよくなりましたね」

私が言うと、彼が笑いながら言った。

「みんなにそう言われるんだけど、自分ではよくわからないんだよ」

「そんなものですか」

「悪かった時期でも、鏡なんてあまり見ていないから、自分がそんなに顔色が悪いなんてわかってなかったんだ」

なるほどと思った。私にしても、一日の間に鏡を見ることなどほとんどない。外で人に会わないときは髭すら剃らないから、朝起きて顔を洗ったときに、セッケンがついていないかどうか見るくらいのものだ。

もちろん、男性の中にも例外的に何度も鏡を見る習慣を持っている人もいるだろうが、一般的には女性が鏡を見る頻度と比べてかなり少ないと言えるだろう。多くの男性が対面する鏡とは、家にある洗面台のものか、会社や学校にあるトイレのものくらいであるような気がする。しかし、女性は各所に自分の鏡を持っている。そして、その鏡は、単に姿や顔を映して見るというだけのものでもない、もう少し微妙な意味を持つものになっているようなのだ。

この夏、ギリシャのケルキラ島に行ったときのことだった。

ケルキラ島は欧米ではコルフ島という名で知られているリゾート地であり、十九世紀のハプスブルク家の皇妃エリザベートが愛した土地だということでもよく知られている。エリザベートは島の中心地から少し離れたところにアヒリオンという別荘を建てて多くの時間を過ごしたという。現在、そのアヒリオンは、一種の博物館として一般に公開されているが、エリザベートの別荘ということを除けば大して見るべきものがある場所ではないとも言われている。しかし、目的もなくケルキラ島に滞在していた私は、あり余るほどの時間があったため、ある日、バスに乗ってそのアヒリオンに行ってみることにした。

さほど広くない宮殿の内部には、エリザベートが使っていた調度品を陳列した部屋がいくつか並んでいた。

気まぐれにそのひとつに入っていくと、そこには先客がいて、スパッツをはいた少女がひとりで立っていた。部屋にはエリザベートのものらしい鏡があるだけだったが、少女はその前をじっと動かない。その鏡自体を見ているわけでもなく、鏡に映っている自分の顔を見ているのでもない。ただそこに立っているのだ。おそらく、それがエリザベートの鏡だからというのではなかっただろう。彼女はたぶんエリザベートが何者かは知らないはずだ。しかし、その鏡に何かを感じるらしく、いかにも離れがたそうにしている。私が入ってからも十分くらいそこに居つづけたろうか。その間、自分の顔はちらっと一度見ただけである。そして、いったんは離れかけたが、また戻ってくると、その前に立ったのだ。何か思い迷うような、何かためらうような風情(ふぜい)を見せながら。

私はその少女の後ろ姿を眺めながら、女性と鏡の独特な関係性を見せられたような不思議な気分になった。女性にとって鏡とは単に自分の顔や姿を見るだけではない何かが存在するのかもしれない、と。そして、こうも思った。もし私がSF小説かホラー小説の書き手なら、その少女に、遠い昔、この鏡の前に立ったことがある、といったような感じを抱かせることもできるだろうに、と。

ふと、「私」が眼をそらすと、少女は部屋から消えている。そして、しばらくして「私」は気がつくのだ。少女はあのエリザベートの鏡の中に入っていってしまったのだと……。

（05・2）

桃源郷

父が死んだとき、どうして話を聞いておかなかったのだろうと後悔した。ノンフィクションの書き手として、他人の話にはとてつもなく根気よく耳を傾けていたのに、なぜ最も大事な人の話を後回しにしていたのだろうと。

それもあったのかもしれない。数年前のあるとき、どうして外国ばかり旅をしていて、日本を歩いていないのだろうと反省した。

以前はそうでもなかった。中学三年生のときに伊豆大島にひとりで旅をして以来、高校から大学にかけて、当時は「国鉄」と呼ばれていたＪＲの均一周遊券という便利な乗車券を使って日本全国を歩きまわっていた。

大学を卒業して、フリーランスのライターになってからも、取材のためさまざまな土地を訪れていた。実際、日本の県庁所在地で宿泊したことのないところはないというほどだった。

ところが、二十六歳のときに一年にも及ぶユーラシアの旅に出てからというもの、外国への旅が繰り返されることになった。オリンピックやワールドカップといったスポーツ・イヴェントの取材が多くなったということもあったかもしれない。だが、それ以上に、私の眼が日本より異国に強く向いていたからであったのは確かなように思える。気がついてみると、友人のいる山梨の八ヶ岳を訪ねる以外、ほとんど日本国内を旅しなくなっていた。

ところが、数年前、もういちど日本をゆっくり歩いてみたいなと思いはじめたちょうどその頃、ひとつの仕事の依頼があった。

幕末期最大のヒーローのひとりである坂本龍馬（りょうま）が、土佐藩を脱藩するときに通った道である「檮原（ゆすはら）街道」について、現地を旅して紀行文を書いてくれないかというのだ。

私はその仕事を引き受けた。

編集者は、適当な乗り物を使い、檮原を中心にいくつかの場所を見てまわってくればいい、と思っていたようだった。しかし、私はせっかくの機会を逃したくなかった。坂本龍馬と同じように、土佐の高知から愛媛との県境である韮（にら）ヶ峠（とうげ）まで、徒歩で行くことに決めていた。距離にして約百三十キロを四日ほどかけて歩くことにしたのだ。

季節は、春から初夏になろうという頃だった。

その旅で、私はあらためて日本の農村の美しさに心を動かされることになった。いや、農村全体が美しかったというのではない。私が最も強く心を動かされたのは稲田の美しさだった。ちょうど田植えが終わり、水をたたえた田んぼに苗が生育しはじめているところだった。その新鮮な緑が眼にまぶしいほど美しく見えたのだ。

檮原に近づくにつれて、丘陵地帯になっていく。ということは、上り下りの多い山あいの村を通過するということでもあった。そして、それはまた、多くの棚田を眼にするということでもあった。

その棚田が美しかった。小さな棚田が、あちこちに、ポツン、ポツンと点在する。それは、もちろん、カメラマンが撮りにくるような有名なものではなかった。名もない棚田。しかし、初夏の太陽に照らされて、キラキラと輝く水と、そこから真っすぐ伸びようとしている緑の苗を眼にするたびに、つい足を止め、見入ってしまったものだった。

どうして、こんなに心が動かされるのだろう。

そのときは自分でもよくわからなかった。しかし、その一年後に、中国は湖南省の

「桃花源(とうかげん)」という土地を訪れたときに、なるほどと理解することになった。

桃花源は、陶淵明(とうえんめい)の「桃花源記」に描かれた想像上の理想郷であり、桃源郷の語源にもなっている土地名だ。「ホンモノ」であるはずもないのに、酔狂にも実際に足を運んだ私は、その桃花源の、あまりの何もなさに愕然(がくぜん)とさせられたものだった。そこには、得体の知れない記念館と、ごく当たり前の農村があるだけだったのだ。

しかし、そこにも田んぼはあり、稲の苗が生き生きと育っていた。私はそれを見て、こう思うことになった。私たちにとって、つまり日本や中国を含めたアジアに住む私たちにとって、稲こそ「幸せ」の淵源(えんげん)なのではないか。この桃花源は確かに名だけを借りた「マガイモノ」の桃源郷だ。しかし、そこに稲があるかぎり、私たちにとってはいつでも桃源郷になりうるのだ、と。

恐らく、私が檮原街道を歩きながら心を動かされつづけていたのは、どんな山深い村にも稲田があり、季節ごとにその稲の美しい姿を見られるということがいかに幸せなことであるかを、深いところで感じていたからなのだろう。


（10・5）

心を残して、モロッコ

かつて、私はこんなふうに書いたことがある。

自分には「夢の都市」というものが三つある。すなわち、ドイツのベルリンと、中国の上海（シャンハイ）と、ヴェトナムのサイゴンの三つだ、と。どうしてそれが「夢の都市」なのかというと、そこにはもう決して行くことができないからだ。もちろん、ベルリンも上海もサイゴンも、行こうと思えば誰でも行ける。しかし、私が行きたかったのは、一九二〇年代から三〇年代にかけてのベルリンであり、昭和十年代の上海であり、一九七五年に北ヴェトナムに「解放」される前のサイゴンなのだ。もうその時のその都市へは、タイムマシーンにでも乗らないかぎり、誰も行くことはできない。だから、それは「夢の都市」にならざるをえないのだ、と。

だが、私が行きたかった都市ということになれば、本当はもうひとつ付け加えなくてはならなかった。それはモロッコのマラケシュである。マラケシュを「夢の都市」に加えなかったのは、どの時代のマラケシュという限定されたものではなかったので、ベルリンや上海やサイゴンとは違って、いつか実際に行くことができるかもしれない都市として存在しつづけていたからだった。

私が二十代のなかばにユーラシアの端から端までの旅をしたとき、行き当たりばったりのルート選択をしていた中で、さてどうしようと迷ったところが何カ所かあった。とりわけ悩んだのがスペインのマラガにいるときだった。このまま最終目的地であるロンドンに向かおうか、地中海を渡ってモロッコに行こうか迷ったのだ。

いまのようにインターネットが普及していない時代である。バックパックで旅を続ける者の情報は、安宿ですれ違う旅人が互いに必要なものを教え合うことで手に入れるというのが基本だった。

東から西に向かう私は、西から東へとやって来る旅人からさまざまな話を聞かされた。当時、そうした若くて金のない旅人をヒッピーと呼んだが、西からのヒッピーたちが口々にすばらしいと言っていた街がいくつかあった。それをヒッピーの聖地と呼べば、その「五大聖地」はネパールのカトマンズ、インドのゴア、アフガニスタンのカブール、トルコのイスタンブール、そして、モロッコのマラケシュだった。

とりわけ、ヒッピーたちから聞かされるマラケシュは魅力的だった。喧噪と静寂、猥雑さと聖性が渾然一体となって異教的な雰囲気を色濃く醸し出しているらしい。行ってみたいな、と思っていた。

しかし、私は、結局モロッコには渡らず、その旅を終わらせるべくマラガからフランスのパリに向かい、最終目的地のロンドンに行く道を選んだのだ。


それから長い年月が過ぎ、ことあるごとに、あのとき、あそこでモロッコに行っていたら旅はどうなっていただろうと考えるようになった。

心に残る、という言葉がある。それとよく似た言葉に、心を残す、というのもある。心に残るという言葉が、あるものが自分の心に棲んでしまうことだとすると、心を残すというのは、自分の心をある場所に残し、棲まわせてしまうことだと言えるかもしれない。私は行ったことのないモロッコに「心を残して」しまっていたのだ。

そうである以上、いつかはその心を引き取りに行かなくてはならないはずだった。

そして、十年ほど前、ようやくその機会が訪れた。

ロンドンで、ある人たちに会うという用事を済ませた私に、長い休暇が訪れた。それから先、予定というものがまったく入っていなかったのだ。

私はその休暇を利用してマラガに行くことにした。一軒の古い酒場を再訪してみたかったのだ。二十代の長い旅の、最も幸せな記憶のひとつがその酒場にあった。そして、その酒場を見つけ、酒を飲み、夜のマラガを歩いているうちに、今度はモロッコへの思いが強く湧き上がってきた。そして、思った。モロッコに残している自分の「心」を取り戻しに行こうと。

調べると、マラガからモロッコへの船はメリリャという街へ行くことになっていた。それも一日一便あるかどうかであり、時間も八時間から九時間はかかるという。それより、コスタ・デル・ソル〈太陽海岸〉沿いにアルヘシラスまで行ってしまえば、タンジェに行く便が一日十便近くあるらしい。私もやはり、モロッコに行くならタンジェから入ってみたかった。

結局、ルートは次のようなものにした。

マラガからアルヘシラスまでバスを使い、アルヘシラスからタンジェまでは船に乗る。タンジェからカサブランカまでは鉄道だが、カサブランカからマラケシュまではふたたびバスを使う。

そして、実際、そのようにしてマラケシュまで行くことになったのだ。

マラケシュに着いて最初に驚いたのは巨大な鳥の存在だった。

それはアグノーという名の門の付近をうろついたときのことだった。ふと、空を見上げると、巨大な鳥が大きく翼を動かして悠然と飛んでいる。しばらく空を飛んでいたその鳥は、やがて目の前の建物の屋根に舞い降りてきた。そこには枯れ枝でできた大きな鳥の巣があったのだ。その鳥はツルのようだった。首が細く、体が白い。しかし、こんな暑いところにツルがいるのだろうか……。

あとでわかったのだが、それはツルではなくコウノトリだった。しかし、私には、このような街の真ん中に、これほど大きい鳥が生息しているということが驚きだった。

マラケシュでコウノトリが生息しているのはアグノー門の付近ばかりではなかった。かつてサアード朝の宮殿として建造され、後にアラウィー朝の王によって破壊されたというエル・バディ宮殿を通りかかったときのことだ。宮殿を囲む赤い塀の上にいくつもの巣があり、そこに何十羽ものコウノトリがいるのが見えた。

私は興奮し、コウノトリをよく見るために、十ディラハム払ってエル・バディ宮殿に入ることにした。

だが、そこは「宮殿」とは名ばかりで、だだっ広い空間が崩れかけた塀によって囲まれているだけの、まさに「廃墟（はいきょ）」だった。

壮観だったのはその崩れかけた塀のいたるところに、一定の間隔をおいてコウノトリの巣があったことだった。その巣の中で、コウノトリたちは、あるものはうずくまり、あるものはヒナに餌（えさ）を与え、あるものは翼を羽ばたかせていた。間近に見るコウノトリは、白い羽毛の部分が薄汚れてはいたが、野性の動物としての美しさを保持していた。私はその鳥たちが飛び立ち、舞い降りる様を、飽きもせず眺めつづけた。

廃墟となったエル・バディ宮殿はコウノトリの王国となっていた。


マラケシュではフナ広場に面した安宿に泊まった。

そこを含めた旧市街には、香港の廟街（びょうがい）に似た喧噪も猥雑さもあった。強烈な光と影によって導かれた永遠を垣間見ることもあれば、深夜の闇（やみ）がもたらす聖なる静寂にも遭遇することができた。しかし、遅かったかな、と思わざるをえなかった。来るのが遅かったかな、と。少なくとも、私が二十代のときに訪れていたら、まったく異なるマラケシュに遭遇できていたにちがいなかった。

——遅れてしまったか……。

だが、あらゆる旅人は常に間に合わない存在なのだ。たとえ、二十代のときに訪れていたとしても、たぶん「遅かった」と思っただろう。旅人は宿命的に遅れてきた存在にならざるをえないのだ。

そして、その「間に合わなかった」という思いが、私をマラケシュからサハラ砂漠へ向かわせることになった。

私はメルズーガの砂漠の「ほとり」のロッジに泊まると、好きなときに好きなようにひとりで砂漠に入っていくという日々を送るようになった。

一度など、自分の足跡を見失い、砂漠で迷子になりかかったこともある。しかし、それでも、ひとりで砂漠を歩く自由さには深く心を満たしてくれる不思議な魅力があった。月が美しい夜、毛布を持って砂漠に入り、砂丘の上で横になると、そこが地の果てなどではなく、世界の中心であるように思えたりもしたものだった。

ある日、ロッジを切り盛りしている若者に、ラクダに乗って砂漠の奥に行く二、三泊の旅に出ないかと勧められた。旅に出れば砂漠のことがもっとわかるようになるよ、と。だが、料金が高いこともあり、ひとりで砂漠への出入りをすることで十分に楽しめていたこともあってほとんど考慮もせず断ってしまった。

あれから十数年。いま、あの若者の言葉に素直に従っておけばよかったかなと思いはじめている。異国への旅に出ると、私は自分でもびっくりするほど倹約家になるが、いまになってみれば、そのときの彼の言い値などたいした額ではなかったのだ。勧めに従っていれば、若者の言っていた通り、もっと砂漠のことがわかっていたかもしれない……。

こうして、私は、モロッコに残した心を拾いにいって、また別の心残りを作ってしまっていたのだ。

だが、それでいいのかもしれない。「心を残して」おけば、またいつか行くことができるかもしれないから。

（11・2）

ニューヨーク・ニューヨーク

フロリダのマイアミから乗った飛行機は、ニューヨークのラ・ガーディア空港に到着した。予約したホテルはマンハッタンの四十三丁目にある。

ニューヨークでも、ジョン・F・ケネディ空港からならどのようにしてマンハッタンに行けばよいのかわかっているが、ラ・ガーディア空港はここ何年と利用したことがなく、交通機関の何をどう使えばいいかよく覚えていない。

シャトルバスのようなものでホテルまで送ってもらおうかと横着なことを考えたが、カウンターに申し込みに行くと、いま出たばかりなので次は一時間以上待たなくてはならないという。

「バスと地下鉄で行ったらいいんじゃないの」

係のおばさんに軽く言われ、そうするか、と私も軽く考えを変えた。おばさんが教えてくれたところによると、ターミナルのすぐ前にある停留所からM60番のバスに乗り、途中、クイーンズのアストリア・ブルバード駅で降りて地下鉄に乗るか、終点のマンハッタン百二十五丁目駅まで行って地下鉄に乗ればいいのだという。

そこで私は、構内にあった売店で地下鉄とバスの両方に乗れるメトロカードを買うことにした。買ったのはアンリミッティド〈乗り放題〉七日間というカードだった。ターミナルを出ると、幸運なことにM60番のバスが停留所に停まっている。しかも、わずかながら席も空いている。これなら、このまま終点の百二十五丁目まで行き、そこから地下鉄に乗った方がいいだろうと判断した。

やがて、バスは走り出し、地下鉄のアストリア・ブルバード駅に着いた。

何人かの旅行客が大きなキャリー・バッグを引きずりながら降りはじめた。その姿を見ているうちに、私もここで降りようかなという迷いが生まれた。時間はまさに夕方だ。これからイースト・リバーを渡ってマンハッタンに入ると、帰宅ラッシュの交通渋滞に巻き込まれ、とてつもなく時間がかかるかもしれない。地下鉄ならその半分以下で行けるだろう。

おばさんによれば、このアストリア・ブルバード駅からは地下鉄のN線とQ線が通っていてタイムズ・スクエアにも停まるという。私が泊まる予定のホテルは四十二丁目だが、タイムズ・スクエアからならワン・ブロック歩けばいいだけだ。

そこで、不意にここで降りようという気持に傾き、バスを降りる客のあとに従って飛び降りた。

これだから一人旅はいい。誰に気がねなく、好きなようなルートを選べる。そんなことを浮き浮きした気分で思いながら、プラットホームに向かう階段を昇りはじめた。乗るのは地下鉄だが、川を渡るまでは高架の鉄道で、プラットホームまでは階段を昇らなくてはならない。

メトロカードをスライドさせて改札口を通過し、風の冷たいプラットホームで待っていると、一分もしないうちにN線の列車がやってくる。なんというラッキーさ、とますます嬉（うれ）しくなった。

車内は空（す）いており、楽に席に座ることができる。

ぽつぽつと席に座っている客たちは、老若男女さまざまだが、私と同じような旅行客も何人かいる。

いくつかの駅に停まったがさほど乗客は増えない。

それが乗ってからいくつ目の駅だったか数えていなかったが、やはりプラットホームにほとんど乗客のいない駅に停まった。ところが、扉が閉まる寸前、私たちの車両に七、八人のアフリカ系の若者が素早く乗り込んできた。

その瞬間、まばらな客の間に緊張が走った。彼らが、バラバラッとまるで出口をふさぐかのように車両にある四つの扉の前に立ちはだかったからだ。

私も内心「しまった!」と思った。犯罪に巻き込まれそうないやな予感がしたのだ。一時間後であってもシャトルバスを待てばよかった。いや、ラッシュに巻き込まれてもいいからあのバスに乗ったままマンハッタンに行けばよかった……。

しかし、後悔しても遅かった。扉は閉まり、電車は動きはじめてしまった。何が起こるのか息を詰めるようにして見守っていると、ひとりの若者が、手にしていた人型のポータブルステレオを床に置き、スイッチを入れるではないか。

突然、大音量のヒップホップ音楽が流れはじめたが、その次の瞬間、ひとつの扉の前に立っていた若者が車両の中央に進んできて、不意にブレイクダンスを踊りはじめた。それが驚くほど見事なパフォーマンスなのだ。一分ほど激しく踊ると、扉の方に退き、次の若者と交替する。それが次々と繰り返される。頭だけでスピンをしたり、片手で全身を支えてフリーズしたり、助走もつけずに素早く前転したりする。車両の中央に立っているスチール製の支柱を使って天井まで駆け上がり、まるでスパイダーマンのように座席上の手摺(てすり)りを渡っていったりする若者もいる。

私は直前の恐怖も忘れ、彼らの圧倒的なパフォーマンスに見惚れてしまった。いつの間にか電車はイースト・リバーを渡りはじめ、渡り切り、次の駅に近づいてきたらしい。不意に音楽が切られ、ひとりの若者がキャップを脱いで席に座っている客のあいだを回りはじめた。まったく無視をする人もいれば、コインを入れてあげている人もいる。その若者が私の前に帽子を差し出したとき、ジーンズの尻のポケットから一ドル札を取り出し、帽子の中に入れながら言った。

「サンキュー」

私には本当にいいものを見せてもらったという感謝の気持があったのだ。すると、若者は、一瞬、意外そうな表情を浮かべたが、すぐに笑顔になって言った。

「サンキュー・マッチ」

そして、電車が駅のプラットホームに着き、扉が開くと、全員が乗って来たときと同じ素早さで飛び降り、改札口の方向に走り去っていった。

ふたたび静かになった車内で、私はなんだかとても嬉しくなりながら思った。確かに自分はニューヨークに着いたのだな、と。

そして、こうも思った。

フランク・シナトラが歌ってヒットした「ニューヨーク・ニューヨーク」というバ

ラードに、こんなフレーズがある。

　俺のドタ靴が
　うろつきながら向かおうとしているのは
　あの街のど真ん中
　ニューヨーク・ニューヨーク

私が履いているのはこの歌詞にあるような「ドタ靴」、ヴァガボンド・シューズの類(たぐ)いではなかったが、これから自分が向かうのは間違いなく「あの街のど真ん中」なのだな、と。

（14・10）

鏡としての旅人

四十年ほど前、二十代の半ばだった私は、一年に及ぶ長い旅に出た。計画などというものはなく、ただインドのデリーからイギリスのロンドンまで、シルクロードを抜けて乗り合いバスで行こうという大雑把なイメージしかなかった。ということは、そのときの私の意識の中からはアジアがすっぽりと抜け落ちていたことになる。

それもある意味で無理ないことだった。当時の日本の若者にとって、アジア、とりわけ東アジアと東南アジアは旅の目的地としては存在していないも同然だったからだ。

中国は入国することさえできなかったが、韓国や香港や台湾やタイなどという国々は、「オヤジたち」が女を買うため、つまり「買春」をするために旅行するところとして認識されていた。あるいは、「企業戦士たち」が日の丸を背負い、会社の名刺を持って「経済進出」するための先兵として赴くところと見なされていた。

ところが、私の買ったデリー行きの航空券が二カ所だけストップオーバー〈途中降機〉できるということを知り、たまたま選んだ都市が香港とバンコクだった。そのことが、私の旅を根本から変えることになった。

二、三日のつもりで香港に降り立った私は、そのあまりにも猥雑でエネルギッシュな街に瞬時に魅了されてしまった。

活気あふれる市場があり、いい匂いを放っている屋台が並び、裸電球もまぶしい夜店が続いている。そこを歩き、買い、食べ、冷やかす人々の群れがいる。私も彼らのその流れに身を任せ、熱に浮かされたように香港の街を歩き回り、気がつくと、一週間、また一週間と、滞在しつづけるようになっていたのだ。

私は、香港から始まったアジアの旅で、常に驚いていた。多くの人がうごめいていることから生じる街の熱気、貧しさの中にある風景の豊かさ。アジアでは、チャイナタウンに行けば、最低限の清潔さと満足のいく料理が手に入る。華僑がいるところでは、筆談でかなりの程度まで意思の疎通がはかれる。どこにでもある市場に入れば、そこでその土地のすべてを見ることができる……。

たぶん私はアジアを歩くことで旅を学んでいったのだと思う。旅を学ぶとは人を学ぶということであり、世界を学ぶということでもあった。

その旅の一部始終は、後年『深夜特急』としてまとめられることになるが、それにささやかな意味があったとすれば、ひとつは日本の若者による「旅するアジア」の発見だったように思う。あるいはもうひとつ、エッセイストの山口文憲（ふみのり）氏の言うように、アジアにおいても「街歩き」が旅になりうるという発見も大きかったかもしれない。もし、現在のように中国の大部分が旅行者に開放され、自由に旅ができるようだったら、『深夜特急』の旅も、西安（シーアン）、かつての長安から「本物のシルクロード」を通ってパキスタンに抜けていった可能性がある。その結果、東南アジアはもちろん、インドやネパールの南アジアも省略されていただろう。すると、私の旅は大きなものを失っていたことになる。

アジア、とりわけ東南アジアでは、どこに行っても食事に困らないだけでなく、長く旅をしていても精神的に追い詰められることがなかった。多くの人がいる「気配」が心を安らかにさせてくれたし、彼らの根本的なやさしさが旅を続けていく勇気を与えてくれた。

何年か前、上海の外国語大学で講演をしたことがある。そこで、『深夜特急』を日本語で読み、同じような旅をしてみたいと思ったという学生に出会った。彼によれば、三年ほど外国を旅してから帰国し、復学したのだという。中国にもそのような自由な旅をする若者が現れるようになったのかと驚かされた。

実際、ここ数十年、さまざまな土地で日本以外のアジアの若者と出会うことが多くなった。そして、そうした若者に先導されるようにして、アジアのごく普通の人たちが旅をするようになっている。

かつて、私たちが旅する土地としてのアジアを発見したように、いま、アジアの人たちが、旅する土地としての日本を発見してくれている。そして、彼らは日本を旅して驚き、感動する。かつてアジアを旅していたときに私が驚き、感動した対象が彼らにとって意外なものだったように、私たちも彼らが驚き、感動するものを知って、意表を衝かれる。まるで、合わせ鏡で自分の見えないところを見させてもらったかのように。そう、旅人とは、その土地の人々にとって、ひとつの鏡となりうる存在なのだ。

彼らにとって、日本の何が驚きであり、感動の対象であるのか。

たとえば私の知人にマカオ在住の日本人男性がいる。その妻は中国人だが、彼女が中国人の友人たちを連れて日本に遊びに来た。彼らは、日本の道路やトイレのきれいなこと、駅員をはじめとして公的な機関やそれに準ずるようなところに勤める人たちの親切なこと、さまざまな場所で出される食べ物が実にていねいに作られていることに驚きつづけていたという。とりわけ日本の果物の輝くような美しさとおいしさには驚きを通り越して唖然(あぜん)としていたという。ひとりの女性などは、桃の甘さに「これは砂糖水を注射器で注入したにちがいない」と言ってきかなかったくらいだという。

こうしたことを聞いたり見たりすることで、私たちにとって大事なことが何か逆にわかってきたりする。彼らが感動するのは、どうやら私たちが「高度経済成長」によって直接手にいれたものではないらしい。そういえば、すでに、中国や香港だけでなく、台湾にもタイにもマレーシアにもシンガポールにも高層建築群は存在しており、高速鉄道がある国も珍しくなくなっている。彼らはそういうものではなく、日本人にとってはなんでもないこと、つまり、清潔なこと、親切なこと、おいしいことといったようなものに心を奪われているらしいのだ。

日本の政治家たちは、依然として沸騰(ふっとう)するアジアの中心にいたいと願っているらしい。それはそれで悪いことではない。しかし、アジアで最初に高度経済成長を遂げ、いまはその終焉(しゅうえん)の中にいる日本にとって、目指すものはあくまでもアジアの経済発展の中心になろうとすることではないような気がする。

かつて、日本が高度経済成長に向かおうとしていた一九五九年の正月の新聞に、池田勇人が「所得倍増」を打ち出す契機となった学者の論文が掲載されたことがある。だが、その数日違いの号には三島由紀夫のエッセイが載っていた。彼は、日本への祈りを込めたその原稿の末尾に、「世界の静かな中心であれ」という一文をしたためた。

もし三島由紀夫のそのメッセージを使わせてもらえるなら、経済成長を目指してひたすら驀進しているかのように見えるアジア諸国にとって、日本は「アジアの静かな中心」となるべき存在のように思える。

そのために日本はどうしたらいいのか。答えはさほど簡単ではないのかもしれない。だが、アジアからやって来る「鏡としての旅人」に正面から向き合うことで、何かが見えてくるかもしれないとも思う。

（15・2）

ロサンゼルスのミッキー・ローク

去年の秋、ロサンゼルスに行った。

外国に行くとき、私はほとんどの場合ひとりだが、このときは連れがいた。友人の息子で内藤律樹（りつき）というプロボクサーだった。律樹はその数カ月前にスーパー・フェザー級の日本チャンピオンになっており、そのお祝いということもあってロサンゼルスに住む私の友人が招いてくれたのだ。

その何日目かのことだった。

私たちは、ダウンタウンにある「ワイルドカード」という名のボクシングジムを訪れた。そこは世界で最も有名なボクシングジムのひとつといってよかった。オーナー兼トレーナーのフレディ・ローチの名声が広く世界に行きわたっているため、ラスヴェガスでの大きな試合を前にした世界チャンピオンの多くがこのジムで調整し、フレディ・ローチの教えを乞う。

この少し前までは六階級制覇のマニー・パッキャオが、その直前まではミドル級の世界チャンピオン、ゲンナジー・ゴロフキンが、そしてこのときはスーパー・ライト級の前世界チャンピオン、ルスラン・プロボドニコフが練習中だった。私たちは、そのルスランの練習風景を見させてもらうためにワイルドカード・ジムを訪れていたのだ。

ジムは二階にあるパブリックな練習空間とは別に、一階にクローズドされたトレーニング場がある。二階は、ジムの名声に惹かれて集まってきた無名のボクサーだけでなく、シェイプアップが目的の男女や、未来のボクサーを夢見ている少年少女などが大勢トレーニングをしている。しかし、一階は出入りに扉をノックすることが必要で、内部にいる人が開けてくれなければ入れないようになっている。そうでもしないと世界中のマスコミに追われている「チャンピオンの中のチャンピオン」たちは集中してトレーニングができないのだ。

私たちは、アメリカのボクシング界に顔の広い友人のおかげで、フリーパスに近い感じで一階への出入りが許されていた。

その日は予定通りルスランが練習していて、激しい汗を流していた。ストレッチ、シャドー、スパーリング、ミット打ち、サンドバッグ、ロープスキッピング、パンチングボール……。

　律樹はその様子を食い入るように見ている。

　そこに、長い髪の、初老の白人男性が入ってきて、トレーニングを始めた。身長は百八十センチくらいだろうか。しかし、体に厚みと緩みがあるのでヘヴィー級並の体重があるかもしれない。顔はよく日に焼けているが、皺か傷かわからないもので荒れている。

　その彼が、しばらくすると、空いたリングでトレーナーを相手にミット打ちを始めた。年齢のせいか、体が絞り切れていないためか、動きは鈍い。だが、必死にトレーナーのミットをめがけてパンチを打ち込む。

　いったい誰だろう。なんとなく見覚えがあるような気もするが、私の知っている白人ボクサーの中に、このような風貌の男性はいない。私が不思議そうに眺めているのがわかったのか、トレーナーのひとりが教えてくれた。

「ミッキー・ロークだよ」

　そう言われれば、まさにミッキー・ロークだった。数年前、極めて強い印象を残した映画『レスラー』に登場した彼と、ほとんど変わらない容貌だった。

トレーナーによると、ルスランは二カ月後にロシアのモスクワで再起戦をすることになっているが、ミッキー・ロークはその前座としてエキシビション・マッチに出場すべくトレーニングを始めたのだという。

ミッキー・ロークは、私たちが日本から来ていると知ると、練習の合間に歩み寄ってきて、二、三の日本の古いボクサーの名を挙げ、懐かしそうに東京での思い出を語りはじめた。

彼は、ずっと昔、本気でボクサーへの転身を図り、東京で試合をしたことがあったのだ。それは必ずしも彼にとって幸せな結果を生まなかったが、日本への好意的な思いはずっと抱きつづけてくれていたらしい。

東京における試合以後の彼は、『レスラー』での大役を摑むまで苦しい日々が続いていたという。私は『銀の街から』という映画評の本の中で、その『レスラー』について、こんなことを書いていた。

《レスラーのランディが「世紀の再戦」によって最後の何かを得ようとしたのと同じく、俳優のミッキー・ロークは、この映画で自らの肉体を徹底的にレスラー風に鍛えることで「世紀の再起」を果たそうとした。ランディの「世紀の再戦」は、悲惨な結果が待っているのではないかと予感させつつ展開するが、ミッキー・ロークの「世紀

の再起」は見事に成功したかに見える》

だが、にもかかわらず、あえてまたモスクワでのエキシビション・マッチに出ようとしている彼は、まだボクシングの世界に何かし残したことがあると思っているのかもしれない。

私たちのもとを離れると、ミッキー・ロークはふたたびトレーニングに取り掛かり、だぶついた腹を鍛えるため、仰向けになってトレーナーに革のボールを投げつけてもらいはじめた。私は、腹で重いボールを受けては大きな呻き声を上げているミッキー・ロークを眺めながら、ロサンゼルスというのはやはり面白い街だなと思っていた。

律樹は、私が若い頃からもつれるように生きてきたカシアス内藤という元ボクサーの息子である。カシアス内藤とのことは、かつて『一瞬の夏』というノンフィクションに書いたことがある。その息子を連れて、このワイルドカード・ジムに来たところまでは、まさに『一瞬の夏』の世界の延長だった。ところが、ジムにひとりの初老の男が入ってきて、それが一挙に『銀の街から』の世界に変わってしまった。そんなことが、たぶんこの街では、それこそゴロゴロ存在しているのだろうな、と思ったのだ。

（15・2）

心は折れるか

あるとき、映画についてのエッセイを書いた。

私は異国を旅していて、いわゆる「無聊（ぶりょう）をかこつ」と、つまり何をしていいかわからないほど時間をもてあますと、その土地の映画館に入ることが多かった。とりわけそれが東南アジアから西南アジア、さらには北アフリカあたりまでだと、ハリウッドならぬボリウッド製のインド映画を見る。理由は、ボリウッド製のインド映画ならたとえ言葉がわからなくともストーリーの推測がつくからだ。しかも、ボリウッド映画には、お約束のように、突然ストーリーとは関係なく美しい男女の歌と踊りが始まる。それを見ているだけでなんとなく心楽しくなってくる。

このようなことを踏まえ、私はその映画に関するエッセイの中で、一本のインド映画について「これはまさに私が旅先で見たいと思うようなインド映画の中のインド映画だった」といった感想を書き記した。

それだけだったら、何も問題はなかった。だが、私は、そこに、ついこんな一文を書き入れてしまったのだ。「とりわけ旅をしていて心が折れるようなことがあったときは……」と。

その一文を含むエッセイが新聞に載ると、二人の知人から二つの反応が寄せられた。ひとつは、沢木さんでも旅をしていて「心が折れる」ようなことがあるのですね、というものであり、もうひとつは、沢木までもが「心が折れる」というような流行りの言葉を使うようになったかと嘆いている人がいましたよ、というものだった。

それを聞いて、しまったと思った。

実は、私も「心が折れる」という言葉を使うとき、一瞬、いいかなと思ったのだ。それは私にとっても、二重の意味で、どこか引っかかる言葉の使い方ではあったのだ。

第一に、私は旅先で「心が折れる」というようなことを経験することがほとんどない。旅先でどんなに困難なことや不条理なことに遭遇しても、どこかでそれを客観視して眺め渡してしまうようなところがあるからなのだろうか、胸の内で、おやまあ、とか、やれやれ、とか呟きながら面白がってしまう。

旅先でのことでは心が折れたりしない。しかし、遠く離れた日本で起きたことで、どうしようもない出来事に遭遇することはある。たとえば、異国の船に乗っていて、その洋上で母の死を知らされるというようなことだ。旅に出るのをほんの少し遅らせれば、母の最期に立ち会えたのに……。さすがにそのようなときには、父の死に目にも母の死に目にも会えなかった自分を、客観視して面白がるだけでは済まない、痛みに似たものを覚えたりする。

私が旅をしていて打ちのめされたような気分になるのはそうした場合に限られるのだが、短いエッセイの中でそのようなことをくどくど書くわけにもいかず、つい簡単に「とりわけ旅をしていて心が折れるようなことがあったときは……」と書いてしまったのだ。

第二に、引っかかったのはそれだけではなく、「心が折れる」という言葉がまだ熟していない表現かもしれないという懸念があったからである。しかし、にもかかわらず、あえて「心が折れる」という言葉を使うことにしたのは、熟してはいないかもしれないが、表現として不適切なものではないという直観的なものがあったからでもある。「心が折れる」という言葉には、他の即席の流行語と異なる、言葉としての正統的な佇まいがあるような気がしたのだ。

いずれにしても、その映画に関するエッセイを執筆して以来、私にとって「心が折れる」という言葉は、心のどこかに引っかかる、なんとなく気になる表現でありつづけていた。

ところが。

去年の秋、「ビッグコミックスピリッツ」という漫画雑誌を読んでいて、「オッ！」と声を上げそうになった作品に遭遇した。

それは「ホイチョイ・プロダクションズ」なる著者の『気まぐれコンセプト』という四コマ漫画だった。広告や放送といった、いわゆる「業界」の内輪話を、巧みなくすぐりと共に漫画化している作品である。

本来は四コマだが、中に一コマだけでまとめられている箇所があり、私がそのとき読んだ回では、流行の言葉の誕生に関する面白い知識が盛り込まれていた。

それによれば、ジャンケンのとき、まず「最初はグー」という掛け声を発してからするようになったのは、元ドリフターズの志村けんが始まりだというのである。

そう言われてみれば、テレビの番組で、志村けんが「最初はグー」とやるようになるまで、誰もが単純に「ジャンケンポン」と言ってジャンケンをしていたような記憶がある。

さらに、その欄では、セックスを「エッチ」と言い換えたのは夕レントの明石家さんまであるとも記されている。なるほど、セックスを「エッチ」という軽い響きの言葉に言い換えることで、セックスをするという密室の行為が、テレビの中だけでなく、友人同士の会話でも羞恥心なく口に出せるものとなった。

そしてその欄には、「最初はグー」と「エッチ」と並んで、「心が折れる」という表現を最初に使ったのは女子プロレスラーの神取忍だったとも記されている。ジャッキー佐藤との試合に際して用いられたのだ、と。

しかし、それは、前記の二つの言葉と異なり、「なるほど」と思うと同時に、「果たしてそうなのだろうか」という気がしないでもないものだった。

私には、神取忍が使うようになる前も、すでにどこかで誰かが使っていたように思えてならなかったのだ。

――この言葉は、私の信頼する作家の誰かが使っていたような気がする。はて、その作家とは誰だったろう……。

その一カ月後のことだった。

私はアメリカの西海岸に行く用事があり、いつものように本棚に並んでいる「中国詩人選集」から一冊を抜き取り、バッグに放り込んでいった。

異国への旅に「中国詩人選集」の一冊を持っていくのは、二十代の頃からの習慣になっていて、どれを選ぶかはそのときの気分しだいだったが、そのとき持っていったのは『杜甫』の巻だった。しかもその「上」という巻だった。唐代の詩人の中でも、杜甫や李白などの大詩人は一冊で収まり切らないため、上下二冊に分かれて収載されている。もちろん『杜甫』は「上」も「下」もすでに何度となく読んでいるが、漢詩というのはそこに並んでいる文字を漫然と眺めているだけで新たな発見があるものなのだ。しかし、そのとき、「下」ではなく「上」にしたのは、たまたま「下」と離れたところにあって、抜き出しやすかったからというような程度のことだったかもしれない。まさに偶然、たまたまのことだった。

西海岸では、ロサンゼルスのダウンタウンから車で一時間足らず行ったところにあるレドンド・ビーチのホテルに滞在していたが、ある日、そのベランダで、近くの海をアザラシが気持よさそうに泳いでいるのを横目に見ながら『杜甫』を読んでいた。そして、これもいつものように、たまたま開いたページに眼を通していた。

まず、冒頭の「牛羊下来久〈牛羊下り来ること久し〉」という一句から始まる「日暮」を読み、次に、「風急天高猿嘯哀〈風急に天高くして猿嘯哀し〉」の「登高」を読み、さらに「冬至」という詩に至ったとき、私は思わず声を上げそうになるほど驚いた。

そこに「心折」という字句が現れたからだ。

年年至日長為客　忽忽窮愁泥殺人
江上形容吾独老　天涯風俗自相親
杖藜雪後臨丹壑　鳴玉朝来散紫宸
心折此時無一寸　路迷何処是三秦

年年　至日　長に客と為り／忽忽たる窮愁は人を泥殺す
江上の形容　吾れ独り老い／天涯の風俗　自のずから相い親しむ
杖藜　雪後　丹壑に臨む／鳴玉　朝来　紫宸に散ぜん
心は折けて此の時　一寸も無し／路は迷う　何の処か是れ三秦なる

来る年も来る年も、冬至のこの日を旅人として迎えつづけていると、憂いに心が締めつけられ、どうしようもなくなってくる。河のほとりをさまよう自分の顔はひとり老いさらばえ、地の果てのようなこの土地の風俗にもなれ親しむようになってしまった……。

そのように始まる詩の最後に、「心折」という表現が出てくるのだ。

かつて私は何度かこの詩を読み、心を動かされたことがあった。そして、「窮愁」や「泥殺」や「天涯」などという言葉とともに「心折」という文字が心に深く刻みつけられたのだろう。私の記憶の底には、この杜甫の詩句があったのだ。つまり、「私の信頼する作家の誰か」とは、畏(おそ)れ多くも唐代の大詩人、杜甫だったということになる。

もっとも、『中国詩人選集』において『杜甫』の巻の注釈を担当している黒川洋一は、この「心折」を「心はくだけて」と読み下している。

そこで、他にも用例がないかと捜してみると、やはりその巻の「秦州雑詩(しんしゅうざっし)」という詩の中にも「心折」の字句があるではないか。そして、これは「心くじけて」と読み下されている。

しかし、素朴に考えれば、くだけるは「砕ける」であろうし、くじけるは「挫ける」だろう。「折」は「折れる」と読んで悪いはずはないように思える。

のちに日本に帰って調べてみると、藤堂明保(とうどうあきやす)編の『漢和大字典』によれば、「折」

という字は「木を二つに切ったさま」に「斤で切る」を合わせた会意文字で「ざくんと中断すること」とある。

日本語に「心が折れる」という表現がなかったにしても、杜甫の「心折」は、むしろ二つにポキンと折れる様の方がふさわしいような気もしてくる。

いずれにしても、私は神取忍から始まったという流行語、現代語としての「心が折れる」を使ったというより、杜甫もすでに使っている漢詩の中の「心折」が記憶にあったために、躊躇しながら、あえて使ったのだと思う。「冬至」は杜甫が七六七年に書いた作品らしい。ということは、少なくともいまから千二百五十年前にすでに「心が折れる」という表現を使っている詩人がいたということになる。

そう、やはり、心は折れる、のだ。

（16・4）

足跡――残す旅と辿(たど)る旅

かつて私はこう書いたことがある。

旅には「夢見た旅」と「余儀ない旅」との二つがある、人は「余儀ない旅」を続けながら、時に「夢見た旅」をするのだ、と。

しかし、近年は、その「夢見た旅」も大きく二つに分かれるのかもしれないと思うようになった。

ひとつは自分が自分の足跡を残す旅であり、もうひとつは誰かが踏み残した足跡を辿る旅である。

残す旅と辿る旅。同じ「夢見た旅」でも、そこには大きく異なるものがあるのかもしれないと思うようになったのだ。

森本哲郎という人がいる。もう四年前に亡くなっているから正確には「いた」と書くべきなのだろう。

朝日新聞の記者時代は名文記者と呼ばれ、退職してからは評論家として活動した。取材で世界の各地を訪れた経験から、旅と文明に関する著作を多く残すことになった。十五年ほど前のある日、私のところに、未知の出版社の編集者から、その森本さんと対談してくれないかという依頼の電話が掛かってきた。

森本さんとは面識はあったが、さほど親しいという仲ではない。どういうわけだろうと不思議に思っていると、その編集者がこう説明してくれた。

森本さんの代表作に『サハラ幻想行』という紀行作品がある。アフリカのサハラ砂漠にある「タッシリの岩絵」を見るための旅について書かれたものだ。しかし、その単行本が刊行されたのは三十年以上も前のことであり、文庫化されたものも含めてすべて絶版になってしまっている。そこで、自分たちの出版社が再刊することにしたのだという。

編集者によれば、そうはいっても、そのまま再刊したのでは読者の手にとってもらえないかもしれないという恐れがあるので、なんらかの付加価値をつけたい。ついては巻末に誰かとの対談を載せようということになった。すると、森本さんから私を対談の相手にしてほしいという要望が出されたのだという。

当時、私は大事な書き下ろし作品の執筆に取り掛かっており、他に精力を分散できない状況にあった。対談といっても、事前の準備は必要だし、話したあとの手入れなどにも時間を割かれる。他の方との対談だったら間違いなく断っているはずだった。しかし、私はその対談に応じる旨を告げた。理由はひとつ、私は森本さんに「借り」があったからだ。

それは、その時点から遡ることさらに二十年ほど前のことだった。

当時、私は三十代の半ばであり、初めての子供が生まれたばかりのときだった。しかし、私は、子供が生まれてまだ一週間にもなっていない時期に、フィンランドに「世界陸上」の取材に出掛けてしまった。そればかりか、「世界陸上」が閉幕してもヨーロッパに居残り、さらには大西洋を渡ってアメリカにまで行ってしまった。そのようにして二、三カ月して日本に帰ると、眼も開かない赤ちゃんだったはずのその子は、びっくりするほど大きくなっていた。

たぶん、私は、子供が生まれても、いままでの生活を変えないぞという稚ない意気がりのようなものがあり、もっと早く帰れるものを、わざとぐずぐずしていたのだ。

日本に帰ってしばらくすると、それまで一度もお会いしたことのなかった森本哲郎さんの秘書から、森本さんの主宰する私的なジャーナリズムの勉強会で話をしてくれないかという電話が掛かってきた。いまの若手のノンフィクション・ライターがどんなことを考えているのかを知りたいということのようだった。

私はその依頼を引き受けると、一夜、著名な先輩ジャーナリストたち十人くらいの前で、私の考える新しいノンフィクションの書き方についての話をした。

話が終わって、ビールを飲みながらの雑談に移ったとき、私は子供が生まれてすぐに取材の旅に出て、帰ってみると大きくなっているのにびっくりしたという話を、冗談のように語った。

すると、そこに出席していた疋田桂一郎さんが真面目な顔付きでこう言った。

「あなたは可哀想な人ですね、子供のいちばんいいときを見逃してしまったんですね」

疋田さんは森本さんと並ぶ朝日の名文記者だったが、夫人を亡くされてから男手ひとつで子供を育てたという方だった。

私はその疋田さんの言葉に強い衝撃を受けた。

——そうか、自分は子供の「いちばんいいとき」を見逃してしまったのか……。

そして、ほとんど次の瞬間、私はこれまでの生活を改め、できるだけ子供の成長を見ていこう、と思い決めることになったのだ。夜から朝にかけて執筆するという夜型の生活を改め、子供が起きて眠るという時間に合わせたごく普通の生活に戻し、原稿の執筆はそのあいだにする、と。

以後、私は、朝起きて、夜眠るというごく真っ当な生活を送ることになった。いわば、森本さんは、私が「真人間」になる契機を与えてくれた「恩人」といえる存在だったのだ。

もちろん、そんなことは、森本さんや疋田さんだけでなく、親しい誰にも話さなかったが、以後、私は森本さんには「借り」があると思いつづけていた。

再刊される『サハラ幻想行』のための巻末対談は、小さなホテルの一室を借りて行われた。

話題は森本さんの『サハラ幻想行』の旅を中心に、時に私の『深夜特急』の旅にも及びながら多岐にわたったが、常に引き寄せられるように戻っていっては語られつづけたのが「砂漠」についてだった。

森本さんが『サハラ幻想行』を書くきっかけとなったのは、当時まだ新聞記者だった森本さんが、神田の古本屋街で一冊の本と遭遇したことによっていた。ふと、フランス語で書かれた『タッシリ壁画の発見』というタイトルの本を手に取り、ページをめくると、岩に描かれた人間や動物の奇妙な姿の絵が載っていた。心を奪われる絵だったが、それだけではなかった。さらにページを繰ると、その岩絵が描かれている「天然の画廊」ともいうべき場所の驚くべき風景写真が載っていたのだ。

《思わず息をのんだ。（中略）それは、人間からいっさいの想像力を奪ってしまうような、というのは、それ自身が想像の世界であるような、骨だらけの荒涼とした岩山で、地球上にこんな世界が実際にあるとは、とうてい思えないほどの情景なのであった》

そして、森本さんはこう思う。

《絵と岩山を見くらべているうちに、私は、もうどんなことがあっても、どんななりをしても、このアトリエをたずねなければならぬ、と思いこんだ。この岩山へ達するには、砂漠を二千キロ近くも南へくだっていかなければならない。そして、タッシリにいちばん近いオアシスを足場にして、ロバとラクダで岩の峠をよじのぼらねばならぬ。それには、どうしたらいいのか。まったく見当がつかなかったが、もはや決心はゆるがなかった》

こうして、森本さんは、「週刊朝日」の別冊号に書くという仕事を得て、カメラマンの富山治夫(とみやまはるお)と共にサハラ砂漠に向かうのだ。

タッシリの岩絵があるところから最も近いオアシスの町はジャネットというところだった。旅はそこに至るまでの長い旅と、そこから岩絵がある岩山を往復するわずか三日間の短い旅が、やがて「週刊朝日」の記事とは別に、『サハラ幻想行』という長大な著作としてまとめられることになった。それは、ひとつの紀行文であると同時に、砂漠を巡る文学的、哲学的省察の書でもあった。

森本さんは砂漠というものに深く心を奪われている方だった。対談中、何度も自分は砂漠が好きだと、まさに眼を輝かせるようにして語ってくれたものだった。

「僕にとっては、砂漠しかないんですよ。なぜだか自分にもよくわからない。しかし、考えてみると、砂漠には何もないけれど、同時に、すべてがあるからじゃないか、という気もします」

それに対して、私はモロッコ側から向かったサハラ砂漠で過ごした何日かの日々の体験を話したり、卒論のテーマに選んだアルベール・カミュに対する思いなどを述べたりした。アルジェリア生まれのカミュは、背後にサハラ砂漠を控えた都市であるアルジェで育ったフランス人だった。

森本さんは三十年以上前の『サハラ幻想行』の旅について克明に記憶していた。それは、私が二十五年前の『深夜特急』の旅について克明に記憶しているのと同じだった。

最後に近く、森本さんはこんなことを言った。

「ずいぶんあちこち旅してきましたが、僕の心のなかにいちばん濃く焼き付いているのは、この旅です。いまだにサハラの夢を見る。夢の中で砂の音が聞こえるんですよ。ほかの旅は消えていくけど、サハラの旅が僕の中から消えることはないと思う」

その森本さんとの対談が終わって、私はこう考えるようになった。

二人の旅には本質的な違いがいくつもある。私のユーラシアへの旅は本当に貧しいものだったが、森本さんは朝日新聞から潤沢な資金を得ていたためサハラでは実に豊かな旅をすることができた。ガイドを雇い、ロバを調達するなどということが難なくできた。旅の期間も、私の一年に対して、森本さんの旅の核心部分は三日間にすぎないという長さの違いがあった。さらに森本さんには岩絵を見たいという具体的な目的があったが、私にはなかった。ロンドンという漠然とした目的地はあったが、それすらも変更可能な目的地に過ぎなかった。

違いは多くある。だが、その二つの旅にはたったひとつ共通点があった。それはどちらもが強烈な「夢見た旅」であっただけでなく、ルートを自分で考え、見つけていったという共通点があったのだ。私たちは誰かの足跡を辿るのではなく、私たちが自分の足跡をつける旅をしていた。

そして、私はこう思うようになった。

確かに旅には「夢見た旅」と「余儀ない旅」の二つがあるが、その「夢見た旅」にも、自分の足跡を残す旅と誰かが踏み残した足跡を辿る旅の二つがあるのではないかと。

そして、そのとき、こうも思ったのだ。

もしかしたら、『深夜特急』の旅から二十五年が過ぎ、最近の自分は足跡をつける旅をしなくなっているのではないか、と。最近の旅が『深夜特急』の旅ほどの鮮やかな色彩を持たなくなっているのは、それが原因なのではあるまいか……。

その対談からさらに多くの歳月が過ぎたが、とりわけ、近年は、その傾向がますます強くなっているような気がしてならなかった。大きな旅の多くが誰かの足跡を追う旅、辿る旅になってしまっている。

たとえば、作家の檀一雄の足跡を追ったポルトガルの旅もそうだったし、写真家のロバート・キャパの足跡を訪ねて世界中を回った旅もそうだった。

たぶん、それは年齢のせいなのだろう。人は齢を取るにしたがって、自分の足跡をつける旅ではなく、自分の関心のある人の足跡を辿る旅をするようになるのかもしれない。四国八十八カ所の巡礼の旅が、弘法大師という人の足跡を辿る旅であるように。

そう思って、自分を納得させていた。

ところが、去年の末、ある文章を読んで、もしかしたらそうではないのかもしれないと思うようになった。もしかしたら自分は思い違いをしていたのではないかと。

それは「カーサ・ブルータス」という雑誌のウェブサイトに載っていたひとつの記事だった。鈴木芳雄という方が、「杉本博司　天国の扉」という展覧会のレビューを書いていたのだ。

杉本さんは写真家だが、最近は単なる写真家というより、もう少し広く美術家と言ったほうがいいような活動を続けている。

この「天国の扉」という展覧会も、十六世紀の天正少年遣欧使節をテーマに、彼らが日本からヨーロッパに向かった足跡を辿り、少年たちが見たかもしれない風景を写真に撮り、あるいは見たかもしれない文物を借り出してその会場に配置するということが行われたという。

《桃山時代、キリスト教布教と交易のため、大きな船がやってきた。そして、日本からもキリスト教の本拠地イタリア、スペインに向かった若き使節たちがいた。彼らは初めて出会う西欧文明に何を見たのか。ルネサンスの美術や工芸は彼らの目にはどう映ったのか。杉本博司の新しい展覧会はそれがテーマである》

それは私にとっても刺激的な展覧会だったが、残念ながら、それが行われたのはニューヨークのジャパン・ソサエティーであり、見ることは叶わなかった。

ただ、そのレビューを書いていた鈴木氏の文章の中に深い驚きを味わわせてくれる部分があったのだ。

鈴木氏は、天正少年遣欧使節と関りのある山崎正和や若桑みどりの著作を取り上げ、さらに私の大学時代のスペイン語の教師でもある松田毅一に触れたあとで、私についてこんなことを書いていた。

《沢木の代表的な著作『深夜特急』にも天正遣欧使節の影がちらつくのである。いや、ちらつくどころか、『深夜特急』は沢木版ひとり遣欧使節だったのだと思えてくるのだ。香港からロンドンに向かうだけなら、スペイン、ポルトガルを通る必要はないのにイベリア半島の突端サグレスまで行っていることや、マカオに長居してしまっている（ギャンブルにハマってしまったためかもしれないが）ことも見過ごせない、大正の少年たちは船で、沢木は20世紀に乗合バスで西を目指した》

私はその中の「ひとり遺欧使節」という言葉に驚かされたのだ。少々、買いかぶりの評言だが、言われてみれば、確かに、戦国時代の少年たちが海を船に乗って行ったコースを、私は陸でバスに乗って向かったと言えなくもない。

天正少年遣欧使節のコースは、マカオ、マラッカ、ゴア、リスボン、マドリード、フィレンツェ、ローマというもので、そのローマでは法王と感動の面会をしている。同じように、私は、『深夜特急』の旅で、マカオもマラッカもゴアもリスボンもマドリードもフィレンツェもローマも訪れている。もっとも、私がローマで会わなければならなかったのは法王ではなく、日本人画家の未亡人だったが。

私の旅のコース選択が、松田先生がスペイン語の授業中に話してくれた「雑談」の影響を受けていたということは自分でも認識していた。松田先生の授業は、常に、十五分ほどスペイン語の教科書をさらうと、あとは自分の研究テーマである十六、七世紀の日欧交渉史の話になってしまっていたのだ。そこによく出てきた人名はフランシスコ・ザビエルとルイス・フロイスだったが、地名は、マカオであり、マラッカであり、ゴアであり、リスボンであり、ローマだった。その地名を「天正少年遣欧使節」

と関係づけるところまでは行っていなかったが、なるほど、もしかしたら私は、松田先生を介して、無意識のうちに彼らと同じコースを辿っていたと言えなくもないのだ。それまで、私は、『深夜特急』の旅では、まっさらな砂浜に足跡をつけるような旅をしていたと思っていた。ところが、私の眼の前には見えない点線のようなルートがあり、それを辿って行っていたと言えなくもなかったのだ……。

そして、いま、こんなふうに思うようになっている。

もしかしたら足跡を残す旅と足跡を辿る旅とのあいだには、あまり差はないのかもしれない。まっさらと思えている前途にも、見えない点線がついていて、それを無意識に辿っているだけかもしれないからだ。

かつて私は国内で「坂本龍馬脱藩の道」と名付けられたルートを歩いたことがあった。

それには龍馬研究家が作成した地図があった。私はその地図にしたがって四国を横断した。まさにそれは誰かの足跡を辿る旅だった。

だが、私にとってその地図のルートは、具体的にはほとんど何もわからないも同然の道だった。曖昧(あいまい)であやふやな「点線」のようなルート。しかし、私が実際に歩くことで、その点線の中にある個々の点はひとつにつながり、実線になっていったのだ。あるいは、誰かがお膳立ててしてくれたツアーのようなものでも同じなのかもしれない。そこではかなりきっちりとした予定が立てられているだろう。だが、たとえどれほど綿密に立てられた予定のルートでも、出発するまでは単なる点線にすぎない。旅人がそのルートを実際に歩むことで初めて実線としてつながるのだ。

つまり、たとえどのような旅であっても、ルート上の点線はあくまで点線にすぎず、旅人が一歩を踏み出さなければ永遠に実線になることはなく、点線のままだということなのだ。

それがどんな旅であってもいい。遠くサハラ砂漠に赴く旅でもいいし、一泊二日で近郊の桜の名所を訪ねる旅でもいい。いや、日帰りで温泉に入るための旅でもいい。大切なことは、一歩を踏み出すこと、そして点線のルートを実線にすることだ。

そして、さらに、こんなふうにも思う。

森本さんの『サハラ幻想行』の旅と、私の『深夜特急』の旅が、当人にとって他の旅とは比べ物にならないくらい「濃い」ものになったとすれば、それは足跡を残す旅だったからというのではなく、なによりその旅をいきいきと生きていたからだったにちがいない。好奇心を全開にして旅を生き切った。たぶん、どのような旅でも、その人が旅をいきいきと生きていれば、そこに引かれる線は濃く、太いものになり、忘れがたいものになるのだろう。
まず、一歩を。

（18・5）

少年ジョー、青年ジョー

私にとって、『あしたのジョー』はボクシングの見方のひとつを教えてくれた作品である。いや、単にボクシングの、というばかりでなく、スポーツの、と言い換えてもよい。

その『あしたのジョー』に、ひとつ気になることがあった。それはジョーの面差しの変化についてである。

物語の冒頭で、ふらりとドヤ街に姿を現したジョーは明らかに「少年」である。それはほとんど学生服を脱いだ『ハリスの旋風』の石田国松といっていいほど、ちばてつや的な主人公の「少年」である。しかし、それが、最後の戦いとなるホセ・メンドーサとの試合を終え、リングのコーナーの椅子に眠るように坐っているジョーになると、明らかに「少年」の面差しを失った「青年」として存在することになる。果たして、ジョーはいつ「少年」から「青年」になったのか。私にはそれが長いこと気になっていた。

そこで今回、もう何度目かになる『あしたのジョー』を、第一巻から最終巻まであらためて読み返してみた。すると、ちばてつやがいかに慎重に、いかに微妙にジョーの顔立ちを変化させていっているのかがわかってきた。

ジョーの成長は、具体的には頭髪の前髪が少しずつ長くなることと鼻が少しずつ高くなっていくことで表現されることになるが、それに伴なって顔立ち全体が徐々に「少年」から「青年」になっていく。

では、その顔立ちの変化に見合うジョーの内面は、どのようなプロセスを辿って「少年」から「青年」になっていったのだろうか。

それを考えるためのヒントは、『あしたのジョー』を覆っている濃密なヒロイズムの中に隠されているような気がする。『あしたのジョー』のヒロイズム。それは大きく次の二つによって成り立っている。

ひとつは、戦いの場にこそ生命の燃焼の瞬間があるというヒロイズム。もうひとつは、ライバルを真に理解しうるのはそのライバルだというヒロイズム。『あしたのジョー』を支えるのがこの二つのヒロイズムだったということは、原作者である梶原一騎の物語感覚が、主として講談読物的な時代小説によって培われたことの結果だと思われる。たとえば、それは瑣末なところでは、力石にキャンバスに叩き伏せられたジョーが思わず口にする台詞が、「おのれ!」という、およそジョーに似つかわしくないものだというところにもあらわれてきている。

第一の「戦いの場にこそ生命の燃焼の瞬間がある」というヒロイズムは、「少年」のジョーが最初から持っているものである。それは、彼を慕う少女と橋の欄干にもたれながらの会話の中に出てくる、有名な次の言葉に集約的に表現されることになる。
「ほんのしゅんかんにせよ、まぶしいほどまっかに燃えあがるんだ。そして、あとにはまっ白な灰だけがのこる……。燃えかすなんかのこりやしない……。まっ白な灰だけだ。そんな充実感は拳闘をやる前にはなかったよ」

第二の「ライバルを真に理解しうるのはそのライバルだ」というヒロイズムは、まずジョーのライバルたる力石徹が鮮烈に示すことになる。つまり、体の大きな力石が、危険を覚悟で減量を強行し、バンタム級にまで降りてジョーと戦おうとするところに現れるのだ。それは時代小説なら、「士は己を知る者のために死す」という形で発現されるだろうものである。

そして、この第一と第二のヒロイズムの絡み合いが、前半の『あしたのジョー』をダイナミックに動かしていく動力となっていくのだ。

しかし、力石の死後は、第二のヒロイズムもジョーが体現しなくてはならなくなる。力石の死後、呆けたように彷徨を続けていたジョーがようやくカムバックを決意する。だが、東洋タイトルマッチを目前にして体重が落ちなくなった彼に、丹下段平がクラスを上げるべきだと主張すると、ジョーは絶対にバンタムから転向しないと主張し、こう言うのだ。

「バンタムというところはあの力石徹が命をすててまで、おれとの男の勝負のためにフェザーからおりてきた場所なんだ」

そして、さらにこうも言う。

「ちょっとくらいつらいからってサヨナラできるかよ、生涯の敵——生涯の友との古戦場バンタムによ」

もしかしたら、ジョーが「少年」から「青年」に変化していく契機を、第一のヒロイズムだけでなく、第二のヒロイズムを併せ持つに至るこのときと考えることも可能なのかもしれない。

ところが、この二つのヒロイズムの絡み合いとその変奏とによって物語られてきたストーリーの流れに、劇的な変化をもたらす場面が訪れる。

それは、ホセ・メンドーサとの試合の直前、すでに強度のパンチ・ドランカーとなっていることを知った白木葉子に、試合の中止と引退を懇願されたジョーが、次のように言うシーンだ。

「すでに半分ポンコツで勝ちめがないとしたって、そういうことじゃないのさ」

この「そういうことじゃないのさ」という台詞は、もちろん、リングにホセ・メンドーサという稀代のボクサーが待っているのだからどんなことがあっても行かなくてはならないということを意味すると取れなくもないし、死んだ力石のためにも逃げるわけにはいかないのだという意味にも取れる。もしそうなら、それはこれまでのジョーのヒロイズムと変わるところはないことになる。しかし、前後の流れの中にこの言葉を置いてみると、そこにはもう少し運命的なものがこもってしまっているように思われる。つまり、自分がリングに上がるのは、自分の意志とかヒロイズムとかを超えてしまったものによって支配されている。もう、誰にも止めることはできない。そう察知してしまった者の澄んだ悟りのような響きが感じ取れるのだ。

このとき、ジョーは「少年」からの移行を終え、完璧な「青年」として存在することになる。つまり、ジョーは「そういうことではない」ことを知ってしまった「青年」としてリングに上がるのだ。そして実際、このシーン以降のジョーは、それまでの「少年」のジョーとも「青年」への移行期にあるジョーとも違う、生と死の境界に立って、向こう側を見てしまったような澄んだ顔つきの「青年」として描かれていくことになる。

だから、最後の真っ白になったジョーが、あたかも天使のような顔つきをしているとしても、それは無理もないことだったのだ。

（95・12）

その問いの前で

やはりフォト・ジャーナリズムについて考えようとするとき、この挿話を思い出さないわけにはいかない。とてつもなく古いが、常に変わらずフォト・ジャーナリストに対して鋭い問いを突き付けつづけている。

それは、第二次大戦の取材のためにイギリスに赴いたロバート・キャパが、初めての仕事として空爆から帰還したパイロットを撮影しようとしたときのことだ。《昇降口の扉が開いた。乗組員の一人が運びおろされると、待ちかまえた医者に引渡された。彼は呻(うめ)いていた。次におろされた二人は、もはや呻きもしなかった。最後に降りたったのはパイロットであった。彼は、額に受けた裂傷以外は、大丈夫そうに見えた。私は彼のクローズ・アップを撮ろうと思って近寄った。すると、彼は途中で立止って叫んだ。

――写真屋！　どんな気で写真がとれるんだ！

私はカメラを閉じた。そして、さよならもいわないで、ロンドンに向って出発した》（『ちょっとピンぼけ』川添浩史・井上清一訳）

カメラマンがカメラを向けて撮ろうとした瞬間、その対象から鋭い言葉を浴びせかけられる。フォト・ジャーナリストがよく見舞われる状況だ。キャパは、そのときレンズにふたをしてしまったという。彼が本当に書いている通りの行動を取ったかどうかはわからない。しかし、その言葉がキャパの内部に深く食い入ってくるものであったことは間違いない。

そのとき、撮るか、撮らないか。

フォト・ジャーナリストとしての倫理を問われる場面である。と同時に、「どんな気で写真がとれるんだ」という言葉には、単なる職業人としてだけでなく、人間としての全体が問われているという恐ろしさが秘められてもいる。

なぜフォト・ジャーナリストは写真を撮るのか。金のため、という答えはひとまず脇に置いておいてよい。もし金のことだけを考えるなら、フォト・ジャーナリストは最も効率の悪い職業のひとつだからだ。近年のフォト・ジャーナリズムが生み出した作品の中でも最も有名な一枚といえる「ハゲワシと少女」ですら、撮り手のケビン・

カーターがそれをニューヨーク・タイムズに売って得た金はわずか二百五十ドルだったという。そして、それはフォト・ジャーナリズムの最高の賞のひとつであるピューリッツァー賞を受賞するが、その賞金ですらたかだか二千ドルにすぎず、カメラ一台とレンズを二本買えばなくなってしまう程度の金額でしかないのだ。

にもかかわらず、なぜ彼らはフォト・ジャーナリストでありつづけるのか。傑作への野心、撮ることとの使命感、過去のヒーローに対する憧れ、フォト・ジャーナリストという生き方への偏愛と惰性、あるいはそのすべてであるのかもしれない。だが、そうした理由によってフォト・ジャーナリストでありつづけているカメラマンたちも、「どんな気で写真がとれるんだ」という問いの前に立ちすくむことがないはずがない。

たとえばここに硫黄島で星条旗を掲げようとしているアメリカ海兵隊の兵士たちの写真がある。それはアメリカの従軍カメラマン、ジョー・ローゼンタールによって撮られた、第二次世界大戦、とりわけ太平洋地域の戦場を撮った写真の中で最も有名な一枚である。

ここではフォト・ジャーナリストの問題は露になってはいない。そのときのローゼンタールの立場が先のキャパとはかなり違っていたからだ。最前線にいたローゼンタールと兵士たちとのあいだには、困難を共にしているという仲間意識があったろう。従軍記者アーニー・パイルの書く記事が、故郷の知人に当てた手紙以上のものとなったように、ローゼンタールが撮る写真は、自分たちの英雄的な行為と、場合によっては最後の生を伝えてくれるものになるかもしれなかったのだ。

　ローゼンタール自身もこう語っている。

「私の義務は、故郷から遠く離れた所で我々の同胞が行っていることの写真をできるだけ送り出して、彼らが自分たちのためにしてくれていることを銃後の人々に知らせることだと思っていました」

　少なくともローゼンタールは「どんな気で写真がとれるんだ」という詰問は受けなくてすんだかもしれない。しかし、ぎりぎりのところで戦っている兵士にカメラを向けるとき、彼がその言葉が含んでいる問いとまったく無縁でいつづけられたとは思えない。

　キャパの挿話と同じような状況が現代においても生きていることは、「ハゲワシと少女」のケビン・カーターを見舞った一連の出来事で証明された。内戦が続くスーダンで、飢えのために歩くことのできない幼女と、その死を待っているかのように近くに舞い降りて見つめているハゲワシ。その静謐で残酷な一瞬をケビン・カーターは見事に捉え切った。だが、彼がこの作品でピューリッツァー賞を受賞すると、前にも増して激しく、撮る前にどうして少女を助けようとしなかったのかと問われるようになった。そして、そのカーターが受賞の三カ月後に自殺してしまったことで、再びフォト・ジャーナリストの倫理の問題が議論されるようになったのだ。

もっとも、金と麻薬の問題を抱えていたカーターの自死の原因は複雑であるらしく、「報道か人命か」の論争に疲れ果てて死を選んだという可能性は極めて低いといわれている。だが、彼が多くの人々から直接間接に「どんな気で写真がとれるんだ」と問われたという事実は残る。

フォト・ジャーナリストにとって、その問いから逃れることはできるのだろうか。誰もが、高名な戦場カメラマンのデヴィッド・D・ダンカンのように、戦場を離れて花を撮って暮らすわけにはいかないとすれば、どのような道が残されているのか。

ケビン・カーターの死をめぐる座談会の中で、フォト・ジャーナリストの長倉洋海は、「ハゲワシと少女」の作者に必要だったのは撮り手の心情を含めて状況を正確に説明する言葉だったのではないかと述べている。

だが、ピューリッツァー賞を与えられるような写真というのは、写真だけで流通するから衝撃力を持つのだ。言葉が不要だから広範に流通すると言ってもよい。たとえそれが錯覚にしかすぎないものであろうとも、写真一枚がすべてを物語っていると思わせるものが重要とされるのだ。

もちろん、どれほど衝撃的なものであろうとも、それがフォト・ジャーナリズムの写真である以上、最少限度のキャプションを必要とする。それがファイン・アートの写真と根本的に違う点だ。

フォト・ジャーナリズムの写真は、今という時代に深くかかわるために、最初から永遠を目指すようなことはない。そのため、フォト・ジャーナリズムの写真はほとんどが時間に耐えられず消えていく運命にある。中には時間に耐えて残るものがあるが、それはさらに多くの言葉によって補強されなくてはならない。時間がたてばたつほどキャプションが長くならざるをえないのだ。

たとえば一九四七年度のピューリッツァー賞受賞作である「ベーブ・ルースの引退」も、ベーブ・ルースという人物と、その引退セレモニーの状況についての知識がない人が増えることによって、さらに多くの言葉が必要になっていく。

ところが、同じフォト・ジャーナリズムの写真でも、死にまつわる作品にはあまり注釈を必要としないものが多い。あたかも、フォト・ジャーナリズムがファイン・アートと言葉なしに拮抗（きっこう）しうる唯一（ゆいいつ）のテーマが死であるとでもいうように。

たとえば一九七六年度のピューリッツァー賞受賞作「一九七五年七月二十二日ボストンの火事」は、このキャプションなしでも見る者に強い印象を与えることができる。火事の起こったビルの非常階段が崩れ落ち、大人と子供の二人が落下していく。まさにその瞬間が撮られている。見る者に言葉が不要なのは、その直後には確実に死があるだろうということがわかっているからだ。

フォト・ジャーナリストとは死を待つ職業であり、不幸を待つ職業でもある。その意味で、フォト・ジャーナリズムの最大のテーマが戦争であることは当然すぎるほど当然なことである。

戦争の写真は、たとえそこに死が直接撮られていなくとも、背後に存在する死に照らされることで昏(くら)い輝きを増す。

そこでまた、ぐるっとひとまわりして最初の問いに戻ってくる。フォト・ジャーナリストは「どんな気で写真がとれるんだ」という言葉にどう対応したらよいのか。その答えはひとりひとりが見つけなくてはならない。だが、正義の戦争など見えない現代においては、フォト・ジャーナリストはますます困難な立場になっている。

（98・9）

芸を磨く

六、七年前、知人である桂南光の襲名披露興行で久しぶりに生の落語を聞いた。
上方落語の桂南光の襲名披露のため東京に来たのは、師匠の桂枝雀と一門の総帥の桂米朝であり、東京側から参加したのは柳家小さんだった。

その口上で小さんは、桂べかこ改め南光についてはよく知らないが、数の少ない大阪の落語家がひとり増えるのはとにかくめでたいことだと、祝いの言葉にもならないような挨拶で満場を沸かせた後で、「粗忽長屋」を演じた。最初は、いくらか元気がないのではないかと感じられるほどボソボソした調子で語っていたが、やがて兄貴分が死んだはずの熊公を長屋に迎えにいくあたりになるまでには、ぽっと上気したような顔でテンポよく話すようになっていた。

小さんの「粗忽長屋」を聞くのは初めてではなかったが、あの「抱かれているのは確かに俺だが、おぶっている俺は一体だれだろう」という有名な落ちまで、ほとんど笑いづめだった。しかし、それを聞き終わって、何年も、何十年も前に聞いた「粗忽長屋」と同じように面白いことに驚いた。記憶の中の「粗忽長屋」とほとんど変わっていない。そして、そのとき、もしかしたら、これまでの私の小さんについての理解の仕方は間違っていたかもしれない、と思うようになったのだ。

以前、私は長距離ランナーの円谷幸吉(つぶらやこうきち)についてのノンフィクションを書いたことがある。彼の遺族を含めて、多くの人から話を聞いたが、その中で最も印象深かった挿話のひとつは、自衛隊に入ったばかりの円谷について語ってくれた先輩の話だった。

ある日、その先輩の部屋に入隊したばかりの円谷が訪ねてくる。そして、一緒に陸上部を作ってくれないかと頼む。高校時代、無名の長距離ランナーだった円谷は、自衛隊でも走ろうと思っていたが、入隊した郡山(こおりやま)の自衛隊には陸上部がなかったのだ。最初はその気のなかった先輩も円谷のいじらしさに負けて、二人だけで陸上部を作ることにする。そこから円谷の東京オリンピックへの道が始まったのだ。

実は、その話が私にとってとりわけ印象的だったのは、自分の高校時代にも同じような経験があったからである。

それは私が高校二年のときだった。教室に見知らぬ一年生が訪ねてきて、意外なことを言った。この学校に落語研究会を作りたいのだが、ついては「会長」になってくれないか？

どうして私が彼の眼に留まったのか、いまでもよくわからない。私たちの高校はベビー・ブーマーのために作られた新設の都立高校だった。私たちが一期生であり、上級生がいなかったため、学校の仕組みのすべてを自分たちの手で作らざるを得なかった。クラブを立ち上げ、生徒会の規約を作り、運動会や学園祭などの行事の計画を練った。私も陸上競技部の部長をはじめ、いくつかの仕事を掛け持ちで受け持っていたが、およそ落語と結びつくようなことはなにひとつしていなかったはずだった。ただ、妙なことを面白がる癖のある私なら加わってくれるかもしれないと知恵をつける誰かがいたのかもしれず、また、その後輩自身が、私がいればクラブの設立が認められやすいという政治的な判断をしたのかもしれなかった。

落語をやるなどということにまったく興味はなかった。だが、その下級生の「どうしても落語をやりたい」という真剣さに動かされた私は、やってあげようかな、と思った。クラブという容器さえできれば、いずれ新しい参加者も入ってくるだろう。それまで籍を置いてあげてもいいのかもしれない……。

そうして、私たちの高校に、会長と副会長だけのたった二人の落語研究会が発足することになったのだ。

落語研究会を作っての最初の大きなイヴェントは学園祭での公演だった。当初、私は落語などするつもりはなかったが、ひとりでは公演はできないということで、なんとなく私もやることになってしまった。

学園祭の当日は、教室に急拵え(きゅうごしら)の高座を設け、何度かの公演をした。私の落語の出来はたいしたものではなかったが、それでも満員の客はよく笑ってくれた。そして私は、自分が人前で話すことが決して嫌いではなかったということ、それどころか、人に笑ってもらえることに快感さえ覚えはじめているらしいことを発見してびっくりすることになる。

その頃はまだヴィデオもＣＤもなく、テープもたやすく手に入らなかったと思う。レコードはあったかもしれないが、そんな高いものに手が出るはずもない。近所の区立図書館にある速記本を借りて次々と覚えていった。

後輩は、自らつけた「落橋」という芸名のとおり、ラッキョウが眼鏡をかけたようなとぼけた顔をしていたが、落語の演じ方は私と対照的だった。私は、どちらかといえば、咄(はなし)の骨格を押さえると、それを自由に改変しながら語ることが多かった。勝手にくすぐりを入れ、気ままに脱線しては、また本筋に戻っていく。だから、古典をやっても新作や漫談のようになってしまう。それに対して後輩は、速記本で覚えた咄を正確に演じながら、間を工夫することで自分のものにしていった。学園祭の公演では、どちらの咄も客はよく笑ってくれたが、私にも落語としては後輩の方が数段上だということはわかっていた。舞台の裏で聞きながら、なんてうまいのだろう、なんて面白いのだろう、と感心することが多かった。

後輩の十八番は「野ざらし」だった。当時、私たちの使っていた「野ざらし」の速記本は、「野ざらし」で有名な柳好（りゅうこう）のものではなく円生（えんしょう）のものだった。ところが、後輩の彼が演じると、円生の咄を一字一句変えていないにもかかわらず、なぜか小さん風に聞こえるのだ。私にはそれが不思議でならなかった。

それに、その後輩は与太郎ものがうまかった。私が与太郎を演じようとするとどうしてもわざとらしくなってしまうのだが、後輩は苦もなく与太郎を現前させることができてしまうのだ。プロの落語家でも与太郎ものをやると不自然さが際立（きわだ）つことが多い。当時も、与太郎を演じて不自然さを感じさせない落語家は数えるほどだと思っていた。その意味で後輩は、高校一年にしてすでにそうしたプロよりうまいと私には思えた。

最初の学園祭の前だったか後だったか。いまとなっては記憶がはっきりしないが、その後輩が中心になって落語鑑賞会なるものが行われた。といっても、校内で参加者をつのり、日比谷の「東宝名人会」に行ったのだ。団体割引をしてもらったから、十五人か二十人くらいは集まったのだろう。

学校帰りに、鞄（かばん）を持ち、制服を着たままぞろぞろ入っていくと、客席からやはり好奇のまなざしで眺められた。

トリは柳家小さんだった。その小さんが出囃子（でばやし）に乗って出てくると、座布団（ざぶとん）にすわるやいなやボソッとつぶやくように言った。

「まったく、こんなとこに高校生が団体で来るような世の中になっちまいまして……」

そこで、客はどっと笑った。そして、笑われた私たちも一緒になって笑った。小さんの口調に、皮肉ではなく、なんとはなしの温かみが感じられたからだ。おまけに、笑われることで、ほんの少しあった居心地の悪さが消えてしまった。

そのとき、小さんは「道具屋」だったか「唐茄子屋（とうなすや）」だったかの与太郎ものをやった。私はそれを聞いて、なるほど、と思った。小さんの与太郎は後輩の与太郎とよく似ていたのだ。いや、後輩が小さんに似ていたのだが、どちらも無理に与太郎をやっているという不自然さが感じられない。それは「地」で演じているせいではないか。逆に言えば、小さんにも後輩にも与太郎を「地」で演じられる何かがあるということになる。

それ以来、寄席やホールで生の落語をよく聞くようになった高校生の私は、古今亭志ん生、桂文楽、三遊亭円生、柳家小さん四人について、生意気にもこんな風に考えるようになった。与太郎を軸に差異化するとすれば、志ん生の与太郎は「志ん生そのもの」であり、文楽の与太郎は「与太郎を演じている文楽」であり、円生の与太郎は「円生が演じている与太郎」であり、小さんの与太郎は「与太郎そのもの」ということになるのではないか、と。つまり、小さんの与太郎が最も与太郎らしい与太郎ということになるが、それは芸の力というより天与の資質なのではあるまいか、と考えたのだ。

後に読むことになった暉峻康隆の『落語藝談』に、円生との次のようなやり取りが出てくる。

暉峻　師匠がやりいいという型はどんな人物ですか。やっぱり大店の旦那とか？

円生　そういったものはやりいいですね。
暉峻　仁（にん）に合うか合わないかということもありましょうね。

当時の私にはさすがに「仁」という言葉は思いつかなかったが、人には向き不向き、合う合わないということがあるのだとすれば、後輩や小さんの「柄」に与太郎は合うのだろう。しかし私の「柄」にはうまく合わない。だが、落語をやろうと思って与太郎が「柄」に合わなければ仕方がないのではないか。

その頃の私は、落語には落とし噺以外にも人情噺や芝居噺などがあるというようなことは知らず、落語とは落とし噺であり、落とし噺の粋（すい）は与太郎ものにあるという短絡的な考え方しかできなかった。私が人に笑ってもらえる快感を味わいながら、大学に入ってからも落語をやってみようだとか、ましてやプロになってみようなどと思わなかったのは、自分には与太郎が演じられないということがよくわかっていたからだ。与太郎ができなくて落語家などになれるはずがない。

一方後輩は、だから小さんは、与太郎をはじめとして、自分の「柄」に合う噺を、「地」のままにやることで、楽々と演じることができている……。

しかし、桂南光の披露興行で久しぶりに小さんの「粗忽長屋」を聞いて、果たして、小さんに対する私の理解の仕方は正しかったのだろうかと気になり出した。

だからといって、何をするというわけでもなかったのだが、このたび、小さんについての小文を書くよう依頼されたのを機に、各種の録音や録画で咄を聞き直し、小さんの名が冠されている本を読んでみた。

読んだ本は、『柳家小さん　芸談・食談・粋談』と『小さんの昔ばなし』と『咄も剣も自然体』の三冊。しかし、『小さんの昔ばなし』は軍隊時代のおもしろばなしが中心だし、『咄も剣も自然体』は『柳家小さん　芸談・食談・粋談』を「ノヴェライズ」したようなものだったので、丹念に読むことになったのは、やはり『柳家小さん　芸談・食談・粋談』にならざるを得なかった。

その中で「オッ」と思わされた箇所が二つある。

ひとつは、師匠である四代目が高座で「三人旅」をたっぷりやったあとで小さんに語った言葉を伝えている部分だ。

小さん　……そのときに、あたしが、「師匠のきょうの『三人旅』はよかったですね」っていうと、「いやあ、そうじゃないよ。あのね、おれが、小三治（こさんじ）の時分の『三人旅』だけのものは、いま、できねえ」って、自分でそういった。そのときに、「芸ってえものは、あがるだけあがると、そこでとまるんだ。あと、急激に落ちるか、なだらかに落ちるか、どっちかで、もう、どんどん、どんどんあがっていくってことはねえ。あがるとこまであがって、そのひとの限界がくれば、もう、そこでとまるんだ。『あのひとの芸は枯れてきた』ってのは、これは、ことばをていねいにしてるんで、枯れてきたんじゃねえ、体力的にも、しゃべることにも、だんだん下り坂になってきたことなんだ」って、そういったんです。

これは、芸能の世界だけでなく、およそ創(つく)るという作業を必要とするあらゆるジャンルに妥当する卓見だと思われる。とりわけ「あがるだけあがると、そこでとまるんだ」というくだりには、「あがるだけあがった」ことのある者だけが発することのできる凄(すご)みが感じられる。

もうひとつは名人というものについて述べた部分である。五代目円生、三語楼(さんごろう)、文楽、可楽(からく)、柳好を昭和の名人上手と挙げたあとで文治について触れ、さらに志ん生についてこう述べているのだ。

小さん　うん。志ん生さんだって、たいへんな売れっ子で、独特の味はあったけど、名人というのじゃあなかったとおもう。

この、志ん生は名人というのではなかった、という評言を頭に入れて、たとえば二人が残している同じ噺の二つの音源を聞き比べてみると、小さんが言いたかったことが少しだがわかるような気がしてくる。

志ん生は、同じ噺でも、言葉を切る場所とか、語尾や繋ぎの言葉とかが一定しない。雰囲気は紛れもなく志ん生だが、細部は微妙に揺らぎ、異なっている。ところが、小さんの噺にはほとんど揺らぎがないのだ。枕を入れ替えたり、省略したりすることはあるが、志ん生のように細部に恣意的な変更はない。もし、小さんが高校時代の私の理解のように「地」のままに楽々と演じているなら、もっと自由に変化させていてもよいはずだった。恣意的な変化がないということは、祖型としてのひとつの噺を大事に受け止め、それを丹念に磨き上げているということになるのではないか。そうだとすれば、私が高校時代に感じていたのとは正反対に、小さんは自分の持ち味で楽々とやってきたのではなく、芸を磨くという古典的な芸道をまっとうに歩んできた人ということになる。

そういえば、南光の襲名披露のときの「粗忽長屋」を聞いて、最初はテンションが低かったが、だんだん熱が入ってきて面白くなってきたと感じたが、それも計算されたものだったということが暉峻との『落語藝談』の中で述べられている。

小さん　三分の二まで持ってきて、あとの三分の一が、勝負どころです。そこのところがいちばん肝心で、だんだんとたたみ込んで持ちこむ呼吸ですね。そして咄のテンポを速めて、客に隙を見せずに、ひと息にサゲまで持っていくこと。

小さんの芸は、きっちりと積み上げられた、ある意味で几帳面な芸だったのだ。

私は小さんの芸について勘違いしていたが、私にとってその勘違いは悪いことではなかった。

高校時代、自習の時間になると、よく教室の前に出て落語をやったものだった。そこで練習をさせてもらっていたのだが、クラス・メイトも喜んで聞いてくれた。

三年生のときの学園祭では、区の公会堂で、千五百人もの観客を前に演じたこともある。箸が転げてもおかしいといわれる年頃の女の子が半数もいる観客である。何をやってもよく笑ってくれた。

だが、そこで、よし俺もプロの落語家になってやろうなどと思ったりしなかったのは、ひとつには自分に与太郎ができないことを自覚していたためだが、それ以上に大きかったのは、小さんによく似たあの後輩がいたからである。彼に比べれば、資質においても才能という点においても及びもつかないことは歴然としていた。彼はもしかしたら小さんのようになれるかもしれないが、私は絶対になることはできない……。

もしその後輩が、いまごろ陸上競技における円谷幸吉のように有名な落語家になっていたりすれば、私のこの文章にも絶好の落ちがつくのだが、彼はプロを志したりせず、理系の大学に進んで技術者になってしまった。それは彼の賢さでもあるのだが、どこかで残念と思わないわけではない。いまでも、その彼の小さん風の「野ざらし」は、枕から落ちまで、微妙な間の取り方を含めて克明に思い起こすことができるほどであるからだ。

（00・2）

レニの記憶　撮るI

この春のことだった。未知の女性読者から電話がかかってきた。レニ・リーフェンシュタールがアフリカで飛行機の墜落事故に遭ったらしいのですが御存じですか、というのだ。なんでも、ドイツの新聞記事をインターネットで検索していたら、ヌバ族の撮影のためにスーダンを訪れていたレニが、小型飛行機に乗っていて墜落事故に遭ったというニュースが載っていた。日本の新聞やテレビでは報じられていなかったので、もしかしたらと思ってお知らせするのですが、という親切な電話だった。ドイツ語の堪能(たんのう)なその方が続報も伝えてくれたおかげで、レニは足の骨折という重傷を負ったものの一命は取り留めたというところまで知ることができた。そのとき、私はあらためて思ったものだった。なんと生命力の強いおばあさんだろう、と。あの年齢でアフリカに撮影旅行に出掛けるというのもすごいが、飛行機の墜落事故に遭ってなお一命を取り留めるというところがすごい。なんといっても、レニは今年九十八歳になる、超高齢者なのだ。

未知の読者がどうして私のところにレニのニュースを知らせようとしてくれたのか。それは私がかつて『オリンピア　ナチスの森で』という作品で彼女のことを描いたことがあったからだ。

レニは今世紀初頭に生まれたまさに「歴史の証人」というような存在である。ダンサーから映画女優に転身し、三十歳のときに主演映画を自ら監督する。さらに、アドルフ・ヒトラーとの遭遇によって、ナチス党大会の記録映画『意志の勝利』を作ることになり、ベルリン・オリンピックの記録映画『民族の祭典』と『美の祭典』を監督するまでになる。戦後はヒトラーとの関係を非難され不遇の時代をすごすが、今度はムーヴィーではなくスチールのカメラを手にアフリカの奥地に分け入り、ヌバ族を撮った『ヌバ』で写真家として復活する。さらには七十代でマスターしたダイヴィングを武器に海底の世界を撮りはじめ、『珊瑚(さんご)の庭』や『水中の驚異』という写真集まで出すにいたる。しかも、レニは現代の怪物というにふさわしく、九十を過ぎたいままでも海底に潜り、最後の映画を撮りつづけているのだ。

五年前の冬のある日、私は『オリンピア　ナチスの森で』の取材のため、『民族の祭典』と『美の祭典』に関するいくつかの質問を携え、レニが住むドイツのミュンヘンに出向いた。そこで長時間のインタヴューに応じてくれたレニは、多少の記憶違いはあったものの、六十年前の出来事について驚くほど明晰に答えつづけたものだった。

ひととおり聞きたいことを聞き終えたあとで、私は手にしていたカメラでレニを撮りはじめた。彼女の撮った海底のヴィデオ映像を見せてもらったり、本にサインしてくれたりしているあいだに数カット撮ったのだ。しかし、それは肖像写真を撮るという明確な目的意識によるものではなく、話しながら気が向いたらスナップするという程度のものにすぎなかった。私はこの十年ほど前から外国への取材にカメラを持っていくようになったが、取材相手にカメラを向けるときも二人の間にあるおもちゃをいじっているという以上の真剣さを示したことがない。撮れればいいし、撮れなくてもかまわない。そんなふうにして、ベン・ジョンソンも、ジョージ・フォアマンも、フィデル・カストロも、モハメッド・アリも撮ってきた。

ドイツから帰ってフィルムを現像してみると、レニについては二種類の映像が存在していた。

私が常に持ち歩いているのはオートフォーカスの安直なカメラだが、フラッシュがついていないため夜だったり光量が足りなかったりするとブレたりボケたりしてしまう。しかし、だからといって、余計な荷物となるフラッシュを持ち歩く気にもならず、ブレるものはブレるにまかせて撮ってきた。ところが、家族の記念写真を撮るようなときにはやはりフラッシュが必要になり、同じような機種だがフラッシュが内蔵されているカメラをもう一台買った。ドイツに行くとき、私はうっかりカメラを間違えてしまい、フラッシュが内蔵されているカメラを持ってきていた。そのため、暗いレニの家での撮影の最初では、フラッシュが自動発光してしまったのだ。何枚か撮った後でフラッシュを強制的にオフにしたが、フィルムにはフラッシュの有無による二種類のレニが定着されることになった。

去年、私は『天涯第二 花は揺れ 闇(やみ)は輝き』という写真集を出したが、そこにレニの写真を収録するに際して、どちらの写真を採るかでかなり迷った。フラッシュを使って撮ったレニは、年齢にふさわしい皺(しわ)と怪物的な美しさを保った「魔法使いのおばあさん」のような雰囲気があり、フラッシュを使わなかったレニには、ブレているため顔もよくわからないが偶然の効果によって独特の動きと神秘性が定着されていた。迷った末、私が選んだのは……ブレたレニだった。時間を経てなお、思い出すことのできるレニは、その写真にこそ濃く存在していたからだ。

（00・10）

過ぎた季節　撮るII

自分がどれほど歳をとったかということは、普通に生活しているとほとんどわからない。ただ、子供が学校に入ったり、卒業したりするたびに、その成長にちょっとした感慨を催し、あらためて自分の年齢を思い知らされるということを繰り返す。

それ以外に自分の年齢を痛切に思い知らされるということはあまりないが、私にはひとつだけ、その季節が来るとまた四年が経ったのだなあという感慨を催すものがある。それは夏季オリンピックである。

高校時代に経験した東京オリンピックから始まって、そのときどきの夏季オリンピックと自分が置かれていた状況の記憶がリンクしている。とりわけ、一九八四年のロサンゼルス・オリンピックからは、実際に取材する側に身を置くことになったということもあって、その季節と開催される都市との記憶がひとつになり、そのときの自分を思い出す強力な接線が引かれることになった。オリンピックの季節が来るたびに、四年前の、あるいは八年前の自分と比べることになるのだ。

この九月、オーストラリアのシドニーで今世紀最後の夏季オリンピックが開かれた。いつもなら、考えるまでもなく、さあオリンピックに行こう、ということになるのだが、このシドニー・オリンピックだけは、どういうわけか行きたいという強い思いが湧(わ)いてこなかった。

ひとつには、このオリンピックがシドニーで催されなければならない積極的な理由がなかったということがある。最近で言えば、ソウルもバルセロナも、世界の多くの人がそこでオリンピックが開かれればいいなと思える都市だった。ところが、シドニーにはその世界共通の思いがない。

世界には、他にオリンピックを開催させてあげたい都市がいくつもある。まだ一度も開催されたことのないアフリカのどこかの都市、たとえばケープタウンやナイロビ。同じく中近東のイスタンブールやテヘラン。あるいは、インドのデリーや中国の北京(ペキン)。さらには南米や東欧のどこかの首都……。

だが、すでに第二次大戦後のメルボルンで開催されているオーストラリアで、また開く必要はないように思えるのだ。

それは二〇〇八年の夏季オリンピックに立候補している大阪についても言える。東京オリンピックを持った日本で、いまあらためて大阪にオリンピックを招致しなくてはならない理由がない。つまり、開催の「大義名分」がないのだ。

私がシドニーのオリンピックにあまり行きたいと思わなかった大きな理由は、そこに心から納得できる「大義名分」がないということによっていたが、もうひとつの理由としては、シドニーがあまり魅力的な都市だとは感じられなかったということがあった。とはいえ、私は一度もオーストラリアに行ったことがない。だから、シドニーがどのようなところか判断する材料をほとんど持っていなかった。しかし、シドニーには、私が都市に期待する「過剰さ」がないように思えたのだ。

二〇〇四年に予定されている次回のアテネ・オリンピックにはどんなことがあっても行くだろう。それは、第一回の開催地であり、本来は百年目にあたる前回で開催されるべきだったのに、アメリカの巨大スポンサーとネットワーク・テレビの意向によってアトランタにさらわれてしまったということに対する同情ばかりでなく、アテネという街に深い魅力を感じるからである。あの国のことだ。オリンピックともなればさまざまな問題が噴出するだろうが、それすらも楽しさ、おもしろさの一部になるような気がする。アテネには間違いなく私の期待する都市の「過剰さ」がある。

そうした思いを抱いていた私は、ぎりぎりまでシドニーには行かないつもりだった。にもかかわらず、開会式の直前になって、やはり行こうと決めたのは、百メートルが理由だった。男子百メートルだけは見ておきたかったのだ。

陸上競技の二日目に行われた男子百メートル決勝は、アメリカのモーリス・グリーンの圧勝に終わったが、記録的にもレースとしても盛り上がりに欠けるものだった。いや、盛り上がりに欠けたのは男子百メートルばかりではなかった。柔道の田村亮子(りょうこ)や井上康生(こうせい)、マラソンの高橋尚子(なおこ)の金メダル獲得という、日本にとっては充分に華やかなオリンピックだったにもかかわらず、私にはどこか物足りない、うすぼんやりしたオリンピックになってしまった。

それは気が向いたときにシャッターを押していた私のカメラも敏感に感じたらしく、前回のアトランタではいくらかあったおもしろい写真を、まったくと言ってよいほど撮らせてくれなかった。撮った本数はたいして変わらないはずなのに、どれもつまらないものしか写っていない。私がわずかにおもしろいと感じたのは、いちど撮ったフイルムを、うっかりまたカメラに入れてしまい、二重に露光してしまった一本に残っていた数カットだけだった。

もっとも、そのおかげで、閉会式を撮ったものも、シドニーの街を撮ったものも、どちらも真っ当なものはワンカットも手元に残らないということになってしまったのだが。

（00・12）

銀座の二人

夏の終わりから秋の初めにかけての季節、東銀座の試写室で三時半から始まる映画を見て出てきた私は、地下鉄の日比谷線の駅に続く階段を下りずにそのまま晴海通りを銀座四丁目の交差点に向かって歩きはじめる。まだ日は暮れ切っておらず、柔らかい陽光がビルの高い階の窓ガラスに反射している。

そこを歩きながら、ふと、ビールが飲みたいなと思う。どこかに寄って一杯飲んでいこうか……。

しかし、銀座四丁目の交差点に着いた私は、地下鉄銀座線の駅に続く階段を下り、まっすぐ家に帰ることにしてしまう。

銀座や新橋に馴染（なじ）みの店がないわけではない。しかし、私は、ひとりで酒を飲んだり食事をしたりするということにあまり慣れていないのだ。外で飲んだり食べたりする機会は少なくないが、そういうときは誰かと一緒のことが多い。少なくとも、夜はそうだ。

旅に出るのはいつもひとりだから、旅先では夕食もひとりで食べる。しかし、東京にいるときは、なんとなくひとりで食べたり飲んだりするのが億劫になってしまう。ひとりだと、入った店の人によけいな神経を使わせそうな気がする。そしてまた、こちらもそれ以上に神経を使わなくてはならない。

要するに、私にはひとりで馴染みの店に寄り、軽く飲んだり食べたりするという器量がないのだ。

私が映画についての文章を書くため試写室に通うようになったのは十五年ほど前のことである。それまで、試写室という空間があまり好きではなく、通わなくてはならなくなってしばらくは憂鬱だった。しかし、いつの間にか、その憂鬱さは消えていった。

試写室に通うということは、銀座に行くということでもある。もちろん、試写室は六本木をはじめとしてほかにもあるが、銀座界隈への集中の度合いが群を抜いている。

その銀座の試写室というと、思い出す人が二人いる。

ひとりは作家の池波正太郎である。池波さんが「銀座百点」に連載していた「銀座日記」などを読むと、試写の帰りに銀座の気に入りの鮨屋(すしや)や天麩羅屋(てんぷらや)に寄って軽く飲んだり食べたりしているところがよく出てくる。

たとえば、いまたまたま手元にある『日曜日の万年筆』には、こんな一節がある。

《昼間、映画の試写を観(み)て、日暮れ前に立ち寄るには〔新富寿し〕がもっともよい。なんとなれば、この店は昼前に店を開けると商売を中断しない。いったん休んで、午後五時からとか五時半から店を開けるなどということはしない。いつ行ってもよい。そこで、まだ明るいうちに〔新富寿し〕へ入り、いかにも東京ふうのにぎりずしを食べ、酒の二本ものんで帰宅し、ひとねむりすれば、仕事をするのにちょうどよい体調となるのだ》

言うまでもなく、このとき池波正太郎はひとりである。

私が試写室通いを始めたとき、池波さんはすでに亡(な)くなっていたから、試写室でお会いするということはなかった。しかし、このエッセイに描かれているような池波さんの姿を見かけたことはある。

それは先に引用したのと同じエッセイの中で、池波さんが銀座の気に入りの鮨屋として挙げている三軒のうちの一軒でのことだった。

私と友人とは、夕方のかなり早い時間にその店で待ち合わせていた。客は私たちだけであり、若い主人と気楽にしゃべりながら飲んでいた。

そこに、ふらりと池波正太郎が現れたのだ。そして、若い主人とふたこと、みこと言葉を交わし、お銚子（ちょうし）を二本空けると、出て行った。

私も友人も特に緊張はしていないつもりだったが、軽く会釈（えしゃく）をして送り出すと、二人とも、ほっとしたあまり、つい話し声のトーンが高くなってしまったのがおかしかった。

池波さんには、ひとりでこうした店に入り、ひとりで飲み、食べるということに慣れている、独特の風格のようなものがあった。

銀座の試写室で思い出すもうひとりは淀川長治（よどがわながはる）だ。

淀川さんとはその晩年に一度だけ対談したことがある。対談の場所は淀川さんが長期滞在していた溜池（ためいけ）の全日空ホテルだった。その中華料理店で、酒の飲めない淀川さんに合わせて、まったくアルコール抜きで四時間以上の長い対談をしたのだ。もっとも、対談とは名ばかりで、私が言葉を発したのは四時間のうち十五分もなかっただろうから、対談というより淀川さんの独演会のようなものだったのだが。

そこで淀川さんが語ったことの中にはいくつも印象的なことがあったが、意外だったのは食べ物に関する次のような話だった。

淀川さんは、午後になるとテレビ局が差し向けてくれる車で試写室に行き、その車で全日空ホテルに帰ってくる。そして、夕食はホテルの中にあるレストランを「かわりばんこ」に選んでそこで食べる。毎日がほとんどその繰り返しだと言ったあとで、こんなことを呟いた。

「もう何年と、ひとりで環状線の向こうに行ったことがないわ」

その時の話の流れでは、環状線の向こうというのは渋谷や新宿をさしているらしかった。そして、その言葉は、ホテルの外の繁華街で気儘に食事をすることがまったくないということを意味しているようだった。

その対談以来、銀座の試写室などで顔を合わせると挨拶をするようになったが、淀川さんの小さな体が試写室の外に出て行くのを見送りながらいつもこんなことを思っていた。

――淀川さんは、これから全日空ホテルに帰り、あそこにある大きなレストランのどこかで、ひとり食事をするのだなあ……。

おそらく、淀川さんは、そうした孤独を代償にして多くのものを手に入れたのだ。

試写室からの帰り、私は池波さんのように気儘に馴染みの店に寄ることもなく、淀川さんのように決まり切った店でひとり食事をするでもなく、家に戻って平凡な食事をする。

そういえば、対談の最後に、淀川さんが私に質問をしてきた。沢木さんは奥さんや子供さんがいるの、と。私が、ええ、と答えると、淀川さんがほんのちょっぴり哀れむように言った。

「じゃあ、だめね」

（06・11）

拳の記憶

ボクシングの記憶はボクサーの記憶である。ボクサーが持っているさまざまな属性は、最終的には「拳」というものに集約されていく。とすれば、ボクシングの記憶は「拳の記憶」ということになる。

私にとっての初めての「拳の記憶」は、十代のときに見たジョー・メデルの右の拳だ。調べてみると、私がテレビで関光徳とジョー・メデルの試合を見たのは十三歳のときのことであるらしい。

第五ラウンド、関がメデルをロープ際に追い込み、止めの一発を叩き込もうとした。次の瞬間、キャンバスに倒れていたのはメデルではなく関の方だった。メデルは追い込まれていたのではなく、誘っていたのであり、関のパンチをガードしながら、じっと目を見開いてチャンスをうかがっていたのだ。相手の動きに合わせたメデルの右のフックが正確なカウンターとなって関の顔面に炸裂した。

それと同じことが、二年後の対ファイティング原田戦でも再現された。ただ一方的に原田に圧倒されているだけに見えていたメデルが、コーナーに詰められたときに放った右のアッパーがカウンターとなり、また一発で相手をキャンバスに沈めてしまったのだ。

私は、ジョー・メデルによって、ボクシングにおいては一瞬にして世界が変わりうるということを教えられたのだ。


ボクシングの不思議について間近に目撃することになったのは、私が二十代になったとき「取材する者」として関わった輪島功一と柳済斗の一戦においてだった。足腰も立たないロートルが興行の犠牲になって無理なタイトルマッチを組まれてしまったなどという陰口を叩かれながら、輪島はひたすら「その日」に向かって肉体を研ぎ澄ませていき、ついには、おびただしい数のパンチを放った末の右のショート・ストレート一発によって世界タイトルを奪取することになったのだ。

私は、ボクサーが肉体をぎりぎりまで追い詰めていったとき、逆にその肉体がボクサーを信じられないほどの高みにまで連れていってくれるということを、輪島によって教えられた。

だが、その肉体も、絶対の精神の前には敗北することがあるということを見せつけられたのは、モハメッド・アリがアフリカのザイールでジョージ・フォアマンと戦った、いわゆる「キンシャサの奇跡」と呼ばれる試合においてだった。

やはり二十代だった私は、ユーラシアへの長い旅の途中、イランのイスファハンという古都で、通学途中の少年たちと一緒に町角の電器屋の店先に飾ってあるテレビでその試合を見たのだ。その第八ラウンド、まさに「サンドバッグのように」打たれていたアリが、わずか五発のパンチで圧倒的な肉体を持ったフォアマンを倒してしまう。

そのときの驚きを、私は吉本隆明（よしもとたかあき）との対談でこう語ることになる。

スポーツにおける肉体的なるものと精神的なるものとの相関関係をどう考えたらいいのだろうか、という吉本隆明の問いに、モハメッド・アリがキンシャサで採った「ロープ・ア・ドープ」という作戦を例に出して説明しようとしたのだ。

《有名なロープ・ア・ドープという作戦ですけどね。ロープ際にうずくまるようにして打たれつづけ、相手の疲れを待って二分三十秒から反撃するという、それを何回でもつづけるという、際どい作戦です。それはもう、自分の超越的ななにかを信じなければ、とうてい支え切れない方法論だと思うんですよ。で、アリが勝った。それはまさに精神性の勝利というふうに考えられるから、あのアリの勝利というのは劇的な、スポーツの世界にとっても劇的なことだったわけです》

ボクシングは、瞬間のスポーツであり、肉体のスポーツであり、精神のスポーツである。だが、ボクシングは何より技の錬磨によって、ボクサーを異次元に連れていってくれるということもある。たったひとつの技が、あるいはその技に対する理解が、ボクサーを一変させてしまうことがあるのだ。私はそれをカシアス内藤によって教えられた。

あれはエディ・タウンゼントの葬儀が四谷の聖イグナチオ教会で行われたときだった。一緒に参列した内藤と、ひとりの若者の話になった。

彼、大和武士（やまとたけし）は、少年院で『一瞬の夏』を読み、出所したらボクサーになろうと思ったのだという。三十代の終わりに差しかかっていた私と内藤の目の前に現れたその若者が、ふたたび私たちを結び付けることになった。彼は全日本の新人王になり、順調にランクを上げていたが、大和田正春の持つ日本タイトルに挑戦し、返り討ちにあっていた。しかし、それから間もなく、網膜剝離になった大和田がタイトルを返上し、空位になった日本タイトルの決定戦に出場できることになった。エディ・タウンゼントの葬儀の直前、私は王座決定戦を間近に控えた大和と会い、このままでは今度もタイトルを取れないのではないかという不安を覚えていた。彼には何かが足りないように思えたのだ。

その話を持ち出すと、内藤が言った。

「俺たちの本を読んでボクサーになった奴を、日本チャンピオンくらいにしないっていうのはまずいよね」

そのひとことが、私たちを一気に動かすことになった。所属するジムの会長に話をつけ、タイトルマッチまで私たちが大和を預かることになった。具体的には、内藤が大和のコーチをすることになったのだ。といっても、トラックの運転手をしていた内藤には、一週間に一度、土曜の午後しか練習を見る時間がなかった。

その初めての日だった。作業服を着たままの内藤が練習用のグラブを無造作にはめ、リングに立って大和に言った。

「好きなように打ってきな」

そこから軽いマス・ボクシングが始まった。

内藤が左でジャブを放ち、大和が右で払う。しかし、そこでいきなり動きを止めると、内藤がこう言った。

「本能を抑えてごらん」

大和はもちろん、リングの外で見ていた私にも、意味がわからなかった。

すると、内藤は、さらにこう続けた。

「人は目の前に何かが飛んでくると、本能的に利き腕でそれを払おうとする。いまのおまえがそれだ。俺が左でジャブを打つと、おまえは右で払った。それが本能だ。でも、それでどうなった？　俺はちょっと右に体勢を振られたけれど、それだけだ。もし、おまえが本能を抑えて、左でジャブを払ったらどうなると思う？」

言い終わると、内藤は左でジャブを放った。大和は何を言われているのかわからないまま、左でそのジャブを払った。

次の瞬間、大和も、そして私も、驚きで、ほとんど声を出しそうになった。

大和が左で内藤の左のジャブを払うと、内藤の内懐が大きく空くことになったのだ。右で払ったときは、むしろ内藤のガードを固めてしまう結果になったものが、左で払うと体勢を崩すことになる。しかも、利き腕の右を使っていないために、相手が崩れたところにパンチを叩き込むことすらできる。

私はジャブというものへの対処法をこれほど理論的に、しかも実践的に教える場面に遭遇したことがなかった。たぶん、このときのことがなかったら、内藤になんとしてでもジムを持たせてやりたいと思うこともなかっただろうと思う。

それ以後、内藤がやったことと言えば、大和に一週間にひとつずつ、五週間にわたって五つの実践的なテクニック、技を教えただけだった。しかし、日本タイトルの王座決定戦に臨んだ大和は一変していた。のちに、テレビ中継で解説を担当していた白井義男が「まったく別人のようになっていますね」と何度も嘆声を発していたことを知ったが、まさに大和は別人のように自信に満ちた戦い方をし、結局、松柳俊紀を第四ラウンドにノックアウトして内藤と同じミドル級の日本タイトルを獲得することになる。

ボクシングとは瞬間のスポーツであり、肉体のスポーツであり、精神のスポーツであり、技のスポーツである。そして、ボクシングにおけるそれらすべての要素を含んだ試合を、四十代の私にひとつの「物語」として見せてくれたのが、キンシャサでモハメッド・アリに敗れたジョージ・フォアマンだった。

私は、フォアマンがマイケル・モーラーという若いチャンピオンと戦い、四十五歳でタイトルを奪うことになる試合をテレビのクルーと共に取材し、『奪還』という一時間のドキュメンタリー映像を作ったのだ。

フォアマンは、その試合で、完璧（かんぺき）な「物語」を見せてくれただけでなく、かつての名トレーナー、エディ・タウンゼントが口にしていた、ボクシングのもうひとつの本質をも示してくれたのだ。

エディ・タウンゼントは、ボクシングとは何かという私の問いに対して、「スタンド・アンド・ファイトだ」と答えた。踏みとどまって戦うことだ、と。フォアマンは、まさに、踏みとどまって戦うことで、ボクシングとは何かということを、私たちに示してくれたのだ。


だが、残念なことに、それ以後、私は私の心を熱くしてくれるようなボクシングの試合に遭遇していない。大和武士が不本意なかたちでリングを去ってからというもの、前のめりになるような姿勢でボクシングを見ることがなくなってしまった。

しかし、六年前、カシアス内藤が末期ガンの宣告を受けたことを契機にして、私たちが多くの人の助けを借りて作ることのできたボクシング・ジムから、ようやく有望なボクサーが誕生しはじめた。

とりわけ、去年の十二月に全日本の新人王に輝いた林欽貴と、内藤の長男で高校三冠に輝いた内藤律樹の二人が、もしかしたら、私たちの夢を叶えてくれる存在になってくれるかもしれない。私たちの夢、それは内藤のジムを作るために一万円ずつ寄付してくれた多くの人たちを、ジムにとって初めてのタイトルマッチに招待するという夢だ。

それを叶えてくれるのは、林欽貴の右の拳か、内藤律樹の左の拳か。もちろん、夢は夢で終わるかもしれない。

しかし、少なくとも、いまの私には、「拳」は単に「記憶」だけでなく、「未来」への夢をはらんだものとしても存在しているのだ。多くの現役ボクサーと同じく、あるいは彼らを熱い視線で見つめている多くのボクシング・ファンと同じく。

（11・5）

アテネの光

先頃、水泳の世界選手権で二つの世界新記録を出した北島康介について、私に最も印象的だったのは試合後の談話だった。彼は、この世界選手権はひとつの通過点に過ぎないと語っていた。世界新記録も、獲得した金メダルも、すべては来年のオリンピックのためのものだったと言うのだ。

そうした思いは北島だけのものではない。マラソンの高橋尚子も、次のオリンピックが競技者としての終着駅かもしれないというニュアンスのことを語っている。

それは彼らに、オリンピックこそが「最高の舞台」だという認識があることを示している。瀬古利彦が苦笑まじりにこんなことを言っていた。ボストンや福岡でいくら勝ってもだめなんですよね、人が記憶してくれるのはやはりオリンピックなんです、と。

だが、すべての競技者にとってオリンピックが「最高の舞台」であるとは限らない。例えば、テニスもサッカーもそして野球も、明らかに「最高の舞台」が他に存在する。テニスのプレーヤーなら、オリンピックの決勝とウィンブルドンの決勝のどちらを取るかと言えば、答えはほとんど決まっているだろう。同じように、サッカーにはワールドカップがあり、野球にはワールドシリーズがある。

私は、他に「最高の舞台」を持っている競技をオリンピックに加える必要はないのではないか、と思っている。水泳のように、陸上競技のように、いや、重量挙げとかレスリングとかバレーボールといった、そこが「最高の舞台」となる競技のためにこそオリンピックは存在するように思うのだ。

もちろん、「最高の舞台」が常に「最高のプレー」を生み出すとは限らない。最近では、とみにオリンピックで世界新記録が生まれることが少なくなっている。しかし、オリンピックは、そこが「最高の舞台」と信じる競技者のためのものであってほしいような気がするのだ。

ただ、サッカーは、出場できる選手に二十三歳以下という巧みな制約を加えることでワールドカップとは別種の舞台とすることに成功しつつある。また、私の考えでは、オリンピックに野球は必要ないということになるが、長嶋茂雄（ながしましげお）が監督になってしまった日本チームの野球の試合は、ちょっぴり見たいような気がしないでもない。

来年はアテネでオリンピックが開催される。

一〇七年前に、第一回の近代オリンピックが開催されたのがアテネである。私は数年前、そのメインスタジアムとなったパナシナイコ競技場のトラックに立たせてもらったことがある。白い大理石でできた観客席と黒いアンツーカーの走路の対比が美しかった。もしかしたら、それが古代オリンピックの舞台だったオリンピアの競技場跡を見ての帰りだったということも手伝っていたのだろう、深く心を揺さぶられた。

しかし、私は何度となくオリンピックの取材をしているにもかかわらず、実はその「最高の舞台」で、本当に心を震わせられるような「絶対の瞬間」に遭遇していない。オリンピックにおける「絶対の瞬間」とはどのようなものか。例えば、ベルリン大会のジェシー・オーエンスが百と二百と走り幅跳びに優勝したときのような、例えばローマ大会のアベベ・ビキラが裸足《はだし》でコンスタンチヌス凱旋門《がいせんもん》に飛び込んできたときのような、そうした瞬間だ。

もう存在しえないのかもしれないそうした瞬間を求めて、私は来年もアテネに赴くことになるのだろう。アテネの光に誘われるようにして。

（03・8）

マルーシ通信

第一信

一カ月ほど前、取材のため一度ギリシャを訪れたが、その帰りの飛行機の中で少し古い映画を見た。タイトルは『ミラクル』、アイスホッケーをテーマにした作品だった。

一九八〇年にアメリカのレークプラシッドで行われた冬季オリンピックで、「氷上の奇跡」と呼ばれた試合があった。アイスホッケーの決勝で、当時無敵だったソ連と当たった若手中心のアメリカが、大方の予想を覆して劇的な勝利を収めたのだ。『ミラクル』は、その若いアメリカチームを育て上げ、ソ連を倒すという夢を達成した監督ハーブ・ブルックスが主人公の映画だった。

ラストシーンで、いまは亡きハーブ・ブルックスの言葉が紹介される。

「この大会以後、アメリカはオリンピックにプロを起用するようになる。いわゆるドリームチームの登場だ。しかし、これは皮肉な名前である。なぜなら、彼らはたとえ勝っても夢がかなうわけではないからだ」

その言葉が私にとって印象的だったのは、プロのドリームチームは見る者にとっての「ドリーム」の対象ではあっても、彼ら自身には「ドリーム」が存在しないということが、極めて簡潔に述べられていたからだ。

私には、オリンピックがアスリートにとって最高の場であってほしいという思いがある。そこに出ること、そしてそこで最高のパフォーマンスをすることが目標であるような場所。つまり、オリンピックが「夢の場所」になってほしいという思いがあるのだ。

そこから私のアイスホッケーやバスケットボールのドリームチームに対する否定的な見方が生まれてくる。ＮＨＬやＮＢＡのスター選手である彼らにとって、オリンピックは最高の目標の場ではない。そのことを、ブルックスはドリームチームには「ドリーム」がないと表現したのだ。

ところが、である。ギリシャから帰ってきた私は、日本版ドリームチームとも言うべき野球の上原浩治(こうじ)と会うことになったが、そこで彼と話をしているうちに思いもよらない考えが浮かんできた。

間違いなく野球の日本代表は一種のドリームチームであるだろう。他に日本シリーズという最高の場を持ちながら、アマチュアのチャンスを奪ってオリンピックの場に参入するプロ集団である。しかし、その彼らに、ブルックスの言う「ドリーム」がないかといえば、そうは言えないなと思えてきたのだ。

野球の日本代表には、アメリカのドリームチームと同じく金メダルを取るという「義務」が課せられていた。ところが、それを目指して長嶋茂雄という不思議な人と共に戦っているうちに、いつしかその「義務」が「ドリーム」というようなものに変化していった。そしてさらに、その長嶋茂雄が病に倒れてからは、金メダルを取るということが明確な「夢」となっていったのだ。長嶋監督のために金メダルを持ち帰るのだ、と。逆説的なことに、彼らが明確な「夢」を抱いたとき、彼らはいわゆるドリームチームではなくなったように思える。なぜなら、彼らは「ドリーム」を実現するために必死になっている他のアスリートと同じ集団になっていったからだ。

あるいは、オリンピックにとっては、アスリートがプロであるかどうかだけでなく、場合によっては彼らがオリンピック以外に最高の場を持っているかどうかも問題にならないのかもしれない。重要なのは、オリンピックが、彼らにとっての「夢の場所」であるかどうかということでしかない……。

だとすれば、オリンピックがオリンピックたりうるためには、オリンピックがアスリートにとっての「夢の場所」でありつづければいいことになる。

果たして、アテネは参加するアスリートにとって「夢の場所」たりうるのだろうか？

第二信

開会式の二日前、国際柔道連盟教育・コーチング理事の山下泰裕（やすひろ）は、私に言った。

「谷と野村で金一個です」

その意味はこうだ。谷亮子（りょうこ）と野村忠宏（ただひろ）がそろって金を取る可能性は五割しかない。むしろそろって金を逸する可能性すらある。だから、と山下は言うのだ。二人で一個と思っているべきだと。

私にも懸念（けねん）は理解できた。

この七月、私は井上康生に話を聞くため、柔道の男子が合宿している長野県の富士見高原を訪ねたが、そこで彼と、戦う時の姿勢の話になった。私が井上のように背筋を伸ばして戦っている選手は他にいないのではないかと訊（たず）ねると、井上は即座に否定して言った。

「いえ、野村さんがいます」

そういえば、午後の「打ち込み」の練習を見ている時、私の目を強く惹きつけた選手がいた。練習相手と組み、ひたすら背負い投げの型とタイミングを確かめている。そして、何回かに一回は実際に投げ飛ばす。それは練習を超えた鋭いものだった。そして、思い起こしてみれば、私がその選手に惹かれたのも、技の切れ味だけでなく、姿勢の美しさにもあったのだった。背筋が伸び、技を出す瞬間に向けて意識を高めていく。そこには「道」を追い求めているといった気配すら漂っていた。

それが野村忠宏だった。しかし、そのストイックな姿は、あまりにも研ぎ澄まされすぎているようで、「危ういな」と感じざるをえなかった。

アテネに入った谷亮子の練習を見たのは、やはり開会式の二日前だった。市内に借りた体育館で、男女の代表が練習していた。そこに谷はもっとも遅れてやってきた。そして、三十分近くかけて負傷している左足首に入念なテーピングをしてから柔道場に上がった。軽く体をほぐすと、「チームやわら」の五人の女子選手を相手に、五分刻みで乱取りに近い激しい動きの練習をする。相手を変えながら一心不乱に四十分も投げつづけただろうか。谷はスパッと練習を切り上げたのだ。私はその集中の深さと切り上げ方の鮮やかさに驚かされた。

しかし、最後にそろって礼をするとき、谷だけは畳の上に正座ができなかった。左足を投げ出して頭だけ下げる。山下が懸念するのも無理はなかった。

ところが、実際に試合が始まると、谷も野村も見事に勝ち進んでいった。決勝の相手のジョシネともヘルギアニとも力の差は歴然としており、谷も野村もまったく危なげなかった。終始攻めつづけ、相手にチャンスを与えないまま押し切った。

二人の戦いぶりは対照的だった。谷が、狙った獲物を逃すまいという猟犬にも似た激しさを前面に出して戦っていたのに対し、野村は、技を掛ける一瞬を求めて、むしろ静謐さすら感じさせる戦い方をした。

試合が終わった後の記者会見で、谷は上機嫌だった。笑みを絶やさず、外国人記者の初歩的質問にも懇切に答えていた。

男子監督の斉藤仁によれば、野村には十日前に右の脇腹を痛めるアクシデントがあったという。その中でよく戦ったと斉藤は目をうるませんばかりに語っていた。山下泰裕の厳しい見方には、そうした具体的な懸念材料があったのかもしれない。

しかし、記者会見に臨んだ野村は、これまた谷と対照的に、一片の笑みさえもらさなかった。そしてけがを抱えてどう戦ったのかという質問に対して、けがは関係ありませんでしたと切り捨てるように答えたのだ。おそらく負けた時にもそれを言い訳には決してしなかっただろうという厳しさで。

そこで私はふと質問してみたくなった。

「あなたの柔道はとても美しいと思う。今日はあなたのイメージする美しい柔道の何割くらい実現できましたか」

あるいは、私の「美しい」という言い方に対して、否定する言葉が出てくるかもしれないと思った。しかし、野村はそれを受け入れ、次のように答えた。

「何割だったというのは難しいですね。でも、自分の持ち味である背負いを中心とした柔道は十分にできたと思います。決勝では出せなかったけど、とても満足しています」

満足していたのは野村だけではなかった。観客もまた野村の柔道に心を動かされていた。決勝戦では、私の近くに座っているスペイン人たちが「ノ・ム・ラ！　ノ・ム・ラ！」と声を合わせて応援するようになっていたほどである。彼らにも、ひたすら一本に向かっていく野村の柔道にこそ、柔道の本質があると感じられたに違いない。

山下の予想に反して「谷と野村で金二個」だった。もちろん、山下も自分の予想が外れたことを喜んでいるだろう。

第三信

北島康介は百メートルの平泳ぎで勝てないだろう、と私は思っていた。それはなぜか。私は、最近の北島に、奇妙な昏さを感じていたのだ。それは、追われている者が受けざるをえない重圧、あるいは頂点に立っている者が耐えなくてはならない孤独によるものだけとは思えなかった。

私が感じていたのは何かに捉われすぎている者の昏さだった。たとえば、競技開始初日に金メダルを取った谷亮子も野村忠宏も同じように「捉われた者」だったろう。しかし、彼らには、捉われている姿の中に、ある種の透明さがあった。ところが、最近の北島には「くすみ」だけが目立っていたのだ。北島は何か捉われすぎている。記録か、メダルか。いずれにしても、捉われすぎた北島は、そのことによって泳ぎの伸びを失い、オリンピックで敗れることになるだろう……。

その思いは、ブレンダン・ハンセンというライバルの登場で決定的になった。アメリカの代表選考会で北島の世界記録を百でも、二百でも破ったという。プールなどの条件は異なるが、そのことには明らかに勢いの放物線が交差したという印象を与えるものがあった。そのようにして多くの「過ぎてしまった者」は敗れてきたのだ。

私は、百メートル平泳ぎ決勝に登場してきた北島に、あの「くすみ」が消えていることを願った。しかし、椅子に座った北島は、まるでその周囲にだけ霧がかかっているかのような昏さを漂わせていた。

北島は顔をうつむき加減にして誰よりも長く椅子に座りつづけていた。そして、全員の名前がコールされ、スタート台に近づいた北島は、誰よりも早くスタート台で「位置につい」た。

スタートの合図が鳴って、飛び込んだ北島は、二十五メートルを過ぎたときには頭ひとつハンセンを抑えていた。後半追い込み型の北島だが、記録を持っているハンセンに前半あまり差をつけさせては苦しくなる。その思いが強すぎて、序盤を速く入りすぎたのではないか。後半、逆にハンセンに差されてしまうのではないか。たぶん、ハンセンもそうできると考えていただろう。

五十メートルのターンをした時、北島はハンセンにわずかなリードを許したが、すぐに前に出た。どこかでハンセンに並ばれてしまうのではないか。八十メートルか、あるいは九十メートルで。しかし北島は、最後までリードを保ったまま、わずかに速くゴール板にタッチすることができた。それは、わずか〇秒一七の差だった。

レースが終わって、勝利のインタビューを受けた北島は、意外なことに涙を流し、しかもレース内容をほとんど覚えていなかった。唯一覚えていたのは、隣にハンセンがいた、ということだけだった。

私は引き揚げる北島にひとつ訊ねてみた。

「椅子に座っているとき何を考えていました？」

「勝とうと思っていました。勝ちたいと思ってました」

その思いの、あまりの強さが彼に霧のようなものを立ちこめさせていたのかもしれない。

北島は、ひたすら勝ちたいと思っていたという。北島は、勝ちたいと望みすぎるくらい望み、勝つことに捉われすぎるくらい捉われ、そして勝った。私の「仮説」は見事に粉砕されてしまったのだ。

ところが、そう答えた北島の顔を見て驚いた。あの「くすみ」が嘘のように消えていたのだ。本当に、これまで見たことがないほど明るく澄んだ顔をしていた。それは単に勝利の喜びによるというより、何かから解き放たれたということの結果のようだった。

負けたハンセンは本当に悔しそうだった。しかし、後で聞くと、彼はアメリカのチーム・メイトが北島には泳法違反があると騒ぎ立てたことに対して、勝負の結果とは本質的に関係ないことと取り合わない姿勢を示したという。そして、レースの展開について、北島とは対照的にほぼ正確に記憶していた。

百メートルは「一心不乱」が「沈着冷静」を制した。では、二百メートルは？　勝ったことで北島の霧が晴れた。くすみが消えた。そのことは、二百メートルのレースにどう影響を及ぼすのか。軽くなった心によってさらに速く泳げるのか。それとも執着する思いの希薄さが勝利を遠ざけるのか。

私は二百メートルのレースを百メートル以上に興味を持って見ることになるだろう。

第四信

やはり「絶対」はなかった。

もちろん、スポーツにおいて「絶対」が存在しないことはよく知っている。絶対の強者と信じられてきた選手が、思いがけない敗北を喫するシーンは、それこそいくつも見てきた。

しかし、だからこそ、「絶対に勝つ」と口にし、なおかつその言葉通りに勝つ選手を見たかったのだ。それも、最高の選手が集う最高の舞台において。

そこで私は、アテネに出かける前の井上康生に訊ねてみた。アテネで絶対に勝つと宣言することはできませんか、と。すると井上はこう答えた。

「絶対はありえません。九十九パーセント信じていても、残りの一パーセントくらいは不安が残るのが普通じゃありませんか」

「その通りです。でも、井上さんなら、絶対と言って、勝つことができる気がします」

「いや、残りの一パーセントに不安があるから練習ができるんですよ。絶対と思ったら、そこで進歩が止まってしまう」

「いつか百パーセントになることはないでしょうかね」

　私が言うと、井上は少し考えて言った。

「それは神ですね」

　しかし、私はたとえその言葉を口にしないにしても、アテネで、井上がスポーツにおける「絶対」についての新しい側面を見せてくれるのではないかと思っていた。

　そのアテネの柔道会場で、井上は奇妙に焦っていた。攻めを急ぎ、不十分の体勢のまま技を掛けていった。不思議だ。何をそんなに急いでいるのだろう？

　そして、準々決勝に当たる四戦目の試合で信じられないことが起きた。

　開始五十九秒、内股にいったところを逆に返され、有効を取られてしまった。もちろん、時間は十分にある。ところが、さらにまた朽木倒しで有効を取られてしまったのだ。井上は激しく攻め立てるが、技が中途半端で崩れてしまう。残り四十八秒、ついに内股が掛かったが、相手の体を回転させるまでには至らず、有効にとどまった。まだ有効一つ分負けている。表情は変えなかったが、明らかに焦っているのが伝わってくる。

残り四十三秒、相手は鼻血を理由に休み始めた。彼は疲労困憊していたのだ。畳に座り、治療を求め、過剰にゆっくり治療を受けていたが、審判はそれを許してしまった。明らかに不当と思えたが、井上ならそうした不当さをも乗り越えられるはずだという思いこみが私にはあった。

残り三十秒、懸命の大内刈りが崩れてしまう。そして残り十二秒、必死に前に出ていった井上の体が反転させられた。相手の背負い投げを食ってしまったのだ。それは実に三年ぶりの一本負けだった。

井上は、畳の上に座ったまましばらく立ち上がれなかった。おそらく、自分の負けをどう受け止めればいいのか、整理する時間が必要だったのだ。

それにしても、井上のあの焦りはどこから来たのだろうか。

考えられることは二つある。ひとつは、痛めた左膝が完治していなかったのではないかということである。あるいは、試合中に痛めた右手の負傷が意外に大きかったのではないかということである。もうひとつは、それとも関連するが、できるだけ早く試合を終わらせたいと思ったということである。組み合わせで一試合多く戦わなくてはならないということもあったし、戦うことになった相手が巨漢ぞろいだったということもある。

実は、百八十三センチの井上は百キロ級では極めて小柄な方なのだ。調べてみると、身長は三十三選手中、下から六番目。もちろん、自分より大柄な選手との対戦は慣れているとはいえ、初戦を除けばすべて百九十センチ以上、二戦目の相手に至っては二百センチもあるのだ。あるいは、先の戦いを考えて早く決着をつけようとしたのかもしれない。

しかし、そのどれもが完全な説得力を持たない。「絶対」の九十九パーセントの、残り一パーセントに何が起こったのか。

敗者復活戦にも一本で負けた井上は、しかし逃げたり隠れたりせず記者団の前に出てきて、冷静に質問に答えた。だが、どの質問も、どの答えも、その一パーセントに何が起こったのかを明らかにするものではなかった。

やはりスポーツに「絶対」はなかった。だが、その当たり前の事実を、このような形で井上に教えてもらいたくはなかった。

しかし一方で、彼のつらそうな後ろ姿を見送りながら、こうも考えていた。井上を敗れさせたのは、彼に「絶対」を求める私の、あるいは私たちの思いだったのではあるまいか、と。

第五信

野口みずきと坂本直子と土佐礼子(とさ れいこ)の三人が、マラトンからアテネまでのコースを走った時、二つの敵と戦っていたように思う。いまそこにいるラドクリフやヌデレバという敵と、そこにはいない高橋尚子という敵と。

高橋が代表選考会を兼ねた東京マラソンで失速した時、彼女に残された道はただひとつのはずだった。名古屋で走り直すということである。しかし、最終的に選んだのは、名古屋の出場選手が「つぶれる」のを待つという高橋らしくない道だった。後にその選択に関して様々な憶測が飛びかったが、決定的だったのは東京を走り終わった高橋に走ることへの忌避感があったためだろうと思われる。それまでの高橋なら即座に名古屋参戦を表明し、自分の手で代表の座をもぎ取っていただろう。

名古屋で走らなかった高橋がアテネの代表に選ばれなかったことに問題はない。しかし、同時に、日本人の間に「高橋尚子に走らせてやりたかった」という思いが残ったのも無理はなかった。それは選考の公正さとは別の次元の素直な感情だった。そこには、国民的なアイドルとしての彼女への親愛の情だけでなく、ランナーとして底知れない能力を持つ彼女への畏怖の感情も含まれていただろう。高橋なら、あの驚異的な記録を持つラドクリフとも互角に戦えるかもしれないし、ケニアやエチオピアの未知の選手にも打ち勝てるかもしれない。しかし、あの三人では……。

野口や坂本や土佐が戦わなくてはならなかったのは、戦いの後で「高橋が出ていれば」と言い出すだろう日本人の感情でもあったのだ。

レースの主役は最初からラドクリフだった。体を激しく上下に動かしながらグイグイと前に進んでいく彼女を中心に先頭集団が形成される。ひとり、ふたりとふるい落としながら、依然としてラドクリフを囲むようにして先頭集団が炎天下のコースを突っ走っていく。

二十五キロ過ぎ、野口が少し前に出たように思えた。それは気のせいではなく、後続のランナーとの差が開いていく。ついていくのはアレムだけだ。しかしやがて、その「追跡者」はヌデレバとラドクリフに取って代わられる。

三十五キロ過ぎ、ゴール地点のパナシナイコ競技場内に設置されている大型モニターにラドクリフが映し出された。なんと、立ち止まり、手で顔を覆って泣いているではないか。その瞬間、スタンドを埋めていたイギリスの観客から「オオー」と悲鳴のような声が上がった。

この時点で初めてレースの主役が野口に移った。ヒタヒタと追うのはヌデレバだ。野口も苦しいのだろう、頻繁に時計を見る。四十キロ付近からは徐々に差を詰められていく。十四秒、十三秒、十秒……。このままいけば、大逆転ということもあるかもしれない。もし、そうなったら、私も思うかもしれない。あれが高橋だったら、と。際どい先頭争いをしているというのに、モニターには三位争いが映されてしまう。と、不意に、スタジアムに野口が飛び込んできた。すぐあとにヌデレバが続く。しかし、意外にも、ヌデレバに追い抜こうという意志が感じられない。そして、そのまま野口がトップでゴールに入った。

その瞬間、野口はこの日の敵のすべてに勝つとともに、見えない敵の高橋尚子にも打ち勝った。そしてそれは、野口だけでなく、坂本や土佐を含めた日本の代表の三人が高橋を破った瞬間でもあったのだ。

ゴールした野口は、笑ってスタンドの声援に応えたが、すぐに嘔吐を始めた。やはり、想像以上に過酷な戦いだったのだろう。インタヴューが終わり、ふらふらとした歩き方で私の方に近づいてきた野口に、ひとつだけ質問をしてみた。

「走っている時、高橋尚子さんのことを思い浮かべる瞬間がありましたか」

私は、即座にいいえという答えが返ってくると思っていた。勝ち気な野口ならそう言うだろうと。しかし、違っていた。

「それは、ちょっと……」

この言葉の意味は二つに取れるだろう。一つは文字通り、少しは思った瞬間があるということであり、もう一つは、ここではそのことを話せないし、話す場ではないということである。

マラソンランナーは走りながら様々なことを考えるという。果たして、野口は走りながら高橋のことを脳裏に浮かべなかったろうか。二十五キロで飛び出す時、あるいはサングラスを投げ捨てずに頭で留めた時……。

第六信

そこにあったのははじけるような喜びではなかった。あったとすれば、「終わった」という安堵感だったろう。義務としての金メダルは取れなかったが、カナダとの三位決定戦で銅メダルを獲得して、ベースボール日本代表チームのすべては終わった。

金メダルが取れなかった責任はすべて自分にある、と監督代行の中畑清は語った。

たぶん責任は中畑にあるのだろう。しかし、同時に、日本代表をこのような気持のよいチームとして最後まで戦わせることのできた功績もまた中畑にある、と私には思える。

長嶋茂雄の監督代行というのは実に困難な立場だったはずだ。そこにいない長嶋の意を体しつつ、現実的な判断は自分でしなければならない。だが中畑は、その困難な状況を「すべては長嶋監督のために」という旗を掲げることで乗り切ろうとした。おそらくは、長嶋の「操り人形」と見られることを覚悟の上で。

長嶋の打ち出した「フォア・ザ・フラッグ」というスローガンにはあまりリアリティーを感じられなかった選手たちも、「長嶋のために」という「旗」には素直に心を寄せることができた。中畑は長嶋の「志」を言いつづけることで、選手たちに「長嶋監督のために金メダルを」という具体的な「夢」を持たせることに成功したのだ。

実際、外から見ていても、このチームには独特な一体感があった。そして、その一体感は最後まで崩れることはなかった。それは、中畑が監督代行として自己主張をせず、「無」に徹し切ることなしには不可能だったのではないかと思える。

あるいは、プロの選抜チームとして、これより「強い」チームは作れたかもしれない。しかし、これより「いい」チームは作れなかったように思う。

そしてまた、その「強い」チームがアテネに来たからといって、必ずしも金メダルが取れたかどうかはわからない。なぜなら、野球というスポーツには、たとえ強いチームと弱いチームが戦っても、十回が十回とも強いチームが勝つとは限らないところがあるからだ。日本シリーズの覇者と高校野球の優勝校が戦ったとしようか。プロといえども高校側に松坂大輔級の投手が出てくれれば打線は沈黙してしまうかもしれないし、ゴロがイレギュラーな転がり方をしフライが大きく風に流されてしまえば一点を失いかねないのだ。

アテネに向かう直前の上原浩治がこんなことを言っていた。ピンチの時には、どんないい打者でも十回に七回は凡打することになっているのだと自分に言い聞かせるんですよ、と。

準決勝のオーストラリア戦では、好機にその「七回」が続いてしまったのだという言い方ができないわけではない。少なくとも、それが野球であり、二つのチームにとてつもない力の差がない限り、いつでも十分に起こりうることなのだ。

すべてが終わって、その上原が通路を歩いてきた。すれ違う時に声を掛けてみた。

「アテネでいい時間を過ごすことはできた？」

すると、一瞬口ごもった。

「そうですね、僕らの夢はもっと別にありましたから……」

しかし、すぐに持ち前の明るさでこう付け加えた。

「でも、いい経験をさせてもらいました。感謝してます」

確かに「夢」はかなわなかったが、その答えは上原だけのものではなく、このオリンピックに参加したすべての選手に共通する思いだったろう。

しかし、「感謝」しなくてはならないのはむしろ私の方だったかもしれない。

こんなに気持よく野球を見られたのは何年ぶりのことだろう。気持のいいチームが気持よく試合をしている。テレビの「解説」などというよけいなものもなく、鳴り物入りの応援もない。ピッチャーの投げるボールがキャッチャーのミットに吸い込まれる時に聞こえるピシッという音。そのボールをバッターが木のバットではじき返すカキイーンという音。そうした音を聞きながら、陽光を浴び、そよ風に吹かれながら見ているのは実に幸せだった。

長嶋監督のためにぜひ金メダルを、という「物語」はハッピーエンドを持てなかった。いわば、アテネでは未完のまま終わることになってしまったのだ。しかし、もしかしたら、それはもうひとつの「物語」のための序章であったのかもしれない。すなわち、四年後の北京で、病を乗り越えた長嶋茂雄が、自身の手で金メダルを獲得する

第七信

かもしれないという「物語」の。

シンクロナイズド・スイミングのチームの決勝を見ていて、ある種の物悲しさを覚えた。それは必ずしも日本チームが銀メダルに終わったからというのではなかった。理由は三つある。

一つはそれが採点種目だったからということがある。アスリートの試技がそれ自体では完結せず、採点者という絶対者にすべてを委(ゆだ)ねなければならない。そのことによる試技の純粋性の欠如が、選手に無意識のうちに「媚(こ)び」をもたらしているようで、そこはかとない物悲しさを感じさせたのだ。

もう一つは、シンクロナイズド・スイミングという競技そのものの中にある。およそオリンピックの競技になっているようなスポーツは、ほとんどが人間の自然な動きから派生してきている。走ったり、跳んだり、殴り合ったり。しかし、ひとつシンクロだけは、その自然さから遠くにある。誰が「自然に」水の中で逆立ちなどするだろう。その不自然さが競技にある種の物悲しさを付け加えることになっているように思えるのだ。

そして三つ目は日本のシンクロの選手が置かれている独特な立場である。技術的には世界の最高水準にありながらどうしても頂点に立つことができない。

シンクロの「採点基準」を見るとフリーの芸術点においてすら「美」という言葉は入っていない。多様性、創造性などとあるだけだ。しかし、この日、多くの審判が出したロシアの十点と日本の九・九点の間には、どのような多様性、創造性の差があったというのだろうか。そこには採点基準にはない「何か」が介在していたとしか思えない。「何か」、それはおそらく「美」というものと深く結びついた「何か」であるはずだ。そしてそれは、いまの日本チームにはどうしようもない「何か」である。

その「どうしようもない」ことから逃れるために、日本の演技がことさら鋭角的に、機械的になってしまっている。私にはその「無理」が物悲しく感じられたのだろう。

しかし、そうした物悲しさを論理的に詰めていくと、採点競技、とりわけ見せるという要素の強い採点競技そのものの否定に行き着きかねない。

実は、私はそうした競技の否定論者のひとりなのだ。少なくとも、あえてそれをオリンピックでやらなくてもいいのではないかと思っているところがある。

ところが、このアテネ大会でたまたま見た男子体操の団体決勝が、私の見方を少し変えることになった。日本の三人の選手が最後の最後に見せてくれた鉄棒の試技は、たとえ審判がどのような点をつけることになったとしても、「媚び」とは無縁の、試技として自立している見事なものだった。そして、その見事さに審判も呑まれるようにして高得点を出してしまった。

いや、私がそこで驚いたのは彼らの鉄棒における試技の自立性だけではなかった。ミックスゾーンで話すことのできた日本選手のすべてが、異様に小柄なアメリカやルーマニアの選手たちより、はるかに「美しい」容姿を持っていた。つまり、すでに彼らは、試技以外のもので評価されなくてすむだけのものを持つに至っていたのだ。

同じように、いつの日か、日本のシンクロの選手にも、採点基準に存在しない「何か」ではなく、採点基準だけで優劣がつけられるようなときが来ることだろう。

ただ、物悲しさを覚えたシンクロのプールサイドで、一つだけ救いがあったとすれば、それは表彰台における日本チームの振る舞いだった。

同じメダリストでも、実は銀メダリストの振る舞いが最もむずかしいものなのだ。金メダリストが歓喜の中にあるのは当然だが、銅メダリストも三位決定戦に勝つことなどを通して喜びを抱いていることが多い。しかし、銀メダリストは金メダルを逸したという悔しさが表彰台でも抑えきれずに出てきてしまいがちなのだ。先日の女子のレスリングでも、日本選手に、それがあまりにも露骨に表れすぎてしまった銀メダリストがいた。

たとえ、どのようにジャッジに不満があろうと、祝するべきものは祝する。いわばそこには負けた者の礼儀というようなものが存在するはずなのだ。

この日の日本チームは、二位であることを素直に喜んでいた。その意味で、彼女たちは「よき銀メダリスト」であり、だから「よき敗者」だった。もちろん、それは単に「完敗」であることを認めたというにすぎなかったのかもしれないのだが。

第八信

日本陸連の会長をしている河野洋平氏からかつてこんな話を聞いたことがある。競馬が好きだった父親の一郎氏が幼い彼にこう言ったのだという。スポーツ選手の名前など覚えてもつまらない、なぜなら一代限りだから。競走馬なら血から血へとつながって楽しみもつながっていく。覚えるなら馬だ、と。

しかし、スポーツの選手が一代限りだというのは、もしかしたら言い過ぎかもしれないと思う。それは何も、ハンマー投げの室伏広治・重信親子や体操の塚原直也・光男親子のような、実際に血がつながっている関係だけをさしているのではない。

たとえば、マラソンの国近友昭と瀬古利彦の二人について考えてみる。瀬古は中村清というベルリン大会で惨敗した中距離ランナーを師と仰いだ。中村は自分がオリンピックで果たせなかった夢を天才的なランナーの瀬古に託した。しかし、最も可能性のあったモスクワ大会を日本がボイコットしたためにその夢はかなわなかった。瀬古はさらにロサンゼルスとソウルに出場するが、調整に失敗し、あるいはけがに泣かされて十四位と九位に終わる。やがて引退した瀬古は指導者となったが、なかなか中村の夢、そして自分の果たせなかった夢をかなえてくれるランナーに恵まれなかった。

その瀬古のもとに、彼を慕って国近がやってきた。国近が苦難の末にオリンピックの切符をつかんだ時の瀬古の喜びは、あるいは当人以上だったかもしれない。

実際、アテネで会った瀬古は誰よりも嬉しそうだった。

「興奮してませんか」

私が冗談めかして言うと、真顔になって言った。

「それは少しくらいはね」

その様子を見て、よかったなと思った。指導者となってからの瀬古は不運続きだった。おそらくは、もうやめようかと思ったこともあるはずだ。しかし、やめなかった。それはオリンピックに通用するマラソン選手を作りたいという一心からだったろう。いわば国近は、六十八年前のベルリン大会からの「思い」を受け継いでいたのだ。

私はパナシナイコ競技場のスタンドでマラトンから走り始めた男子選手がトラックに入ってくるのを待ち受けていた。

残念ながら、国近は一位のバルディニから遅れること約十分の四十二位だった。

私はそれを見届けると、五輪スタジアムに急いだ。閉会式を見るためだ。交通ラッシュに巻き込まれないように急いだつもりだったが、着いた時はすでに式典が始まっていた。

どうして閉会式などのためにそれほど急いだのか。ただのお祭りに過ぎないではないか、それよりマラソン選手の走り終わった後の生の声を聞いた方がいいのではないか、と言われるかもしれない。確かにそれも一理ある。しかし、オリンピックにとって、閉会式は開会式以上に大事なものであるような気がするのだ。

閉会式では二つの大きなことが行われる。一つは聖火を消すこと。もう一つはオリンピック旗を次の開催都市に渡すこと。とりわけ重要なのは、オリンピック旗を次の都市の首長に手渡すことである。なぜなら、それはオリンピックが「続く」ものであることを示す大事なセレモニーであるからだ。

世界記録はますます出にくくなり、ドーピングなどの困難な問題が頻発するようになっている。オリンピックに対する風当たりはさらに強くなっていくことが予想される。しかし、これが未来に向かって「続く」ものであるということが、かろうじて種々のマイナスを乗り越えうる契機を秘めているのだ。

続くこと。それが血だけではない継承の物語を生む。中村、瀬古、国近と継承されたマラソンの物語は、パナシナイコでは終わらないはずだ。

続くこと。それが未知のものを生み出す「場」を保証する。その場で何を生み出すかは、その時代その時代の人間の高貴さや愚かさにかかわってくる問題だろう。しかし、その場がなくなればあらゆるものが生み出されなくなってしまう。もちろん、滅びる時はどのようなことをしても滅びるだろうが、その時まではとにかく続けようとすることが必要なのだ。

少なくとも、この四年後にはまたオリンピックが開かれるらしい。アスリートはただその一つのことを頼りに、再び「最高のもの」を求める努力を開始する。

続くこと。それを信じて。

（04・8）

アテネの失冠

私が初めて井上康生の柔道を見たのは、彼が高校生の時だった。

井上は、高校選手権の個人の部で優勝した翌日、団体の部で東海大相模の大将として世田谷学園との決勝戦に出場したのだ。私にはその団体戦が印象的だった。

団体戦は、先鋒、次鋒、中堅、副将、大将の五人が勝ち抜き戦で当たっていく。東海大相模は、世田谷学園の中堅によって副将まで打ち負かされ、残るは大将の井上だけになってしまった。世田谷学園には、その中堅を含めて、副将も大将も重量級の選手ばかりが残っている。さすがの高校チャンピオンも、その三人を相手にして勝ち抜くのは難しいのではないか。そう思いながら見ていると、まず中堅を破り、次に副将を破り、大将同士の決戦にまで持ち込むことができた。しかし、そこまでに井上は消耗しつくし、ようやく立っているというような状態だった。ところが、大将戦が始まると、井上は五分以上に戦い、残り六秒というところで、世田谷学園の大将の掛けた技を巧みに返して勝ったのだ。その劇的な勝ち抜き方といい、最後の技の鮮やかさといい、私は深く心を動かされた。とりわけ魅力的だったのは井上の戦う姿だった。容姿が柔道の選手としては珍しくスマートだということもあったが、なにより、戦うときの姿勢がよかった。他の選手と違い、背筋がまっすぐに伸びていたのだ。そのとき、私は柔道界に新しいスターが生まれたなと思った。と同時に、このまま真のスターとして成長できるかどうかまではわからないな、とも思ったのを記憶している。そのようにして実に多くのスター予備軍が生まれては消えていくのを見てきたからだ。

しかし、井上は消えなかった。

その四年後、私はシドニーの柔道会場で、井上康生が真のスターになるところを目撃することになった。五試合連続の一本勝ちで金メダルを手に入れたのだ。

私はそのとき、内股を主武器に、次々と投げで相手を倒していく井上に、オリンピックにおける日本選手で、初めて「絶対の強さ」を見たと思った。たまたま勝っているのでもなく、ようやく勝っているのでもない。勝つべくして勝っている。私は井上の試合を見ていて一片の不安さえ抱かなかった。そうした強さを持った日本選手を見るのは初めてのことだった。

井上はその表彰台の上で亡き母の遺影を掲げた。私の隣にいたオーストラリア人のジャーナリストは「彼は何をしているのか」と訊ねてきた。私が説明すると、状況は理解できたようだったが、納得はしなかった。そのジャーナリストは、柔道のチャンピオンがずいぶんセンチメンタルなことをするなと思ったようだった。

だが、私にとって気になったのは、井上が表彰台で母親の遺影を掲げたことではなく、そこにおけるもうひとつの振る舞いだった。

メダルの授受が終わると、井上は手を挙げて観客の歓呼に答えた後、台を降りてしまったのだ。そのとき、二位と三位の選手は、一瞬途方に暮れた表情を浮かべた。井上と一緒に台の上で肩を組み、手を振りたかったのだ。あるいは、そうした姿を写真に撮ってほしかったのだ。二人は、井上が降りてしまったので、仕方がなく、しかしいかにも名残り惜しそうに後に続いた。私はそれを井上のために残念だと思った。最後の最後に、王者としてただひとつしなければならないことを忘れてしまった。それは敗者への配慮である。負けた彼らはおそらく勝った井上と一緒の写真を残したかったのだろう。三人で肩を組み、笑いながら手を振っている写真を。それは彼らにとって一生の記念の品になるはずのものだった。

私がアテネに行くと決めたとき、ぜひ見たかったもののひとつは井上康生が出場する柔道の百キロ級だった。そこで私は、表彰台の上における彼の振る舞いを見てみたかったのだ。もちろん、表彰台の最も高いところでの振る舞いを、である。

アテネに向かう一カ月前、ある仕事の流れからその井上と会うことになった。観戦記を連載する予定の新聞紙上で、私が気になっている三人のアスリートと対談するという仕事があり、その最初のひとりとして井上と会うことになったのだ。

会った場所は男子柔道の代表選手が合宿していた長野県の富士見高原である。疲れている時期だろうに、練習を終え、夕食を済ませたあとの時間をたっぷりとってくれた。その対談の席で、初めて会う井上は予想外に率直に話をしてくれた。

それはひとつには講道学舎のおかげだったかもしれない。

世田谷に講道学舎という柔道のための施設がある。民間の篤志家《とくしか》が建てたもので、全国から優秀な少年たちを集め、中学、高校と寄宿生活をさせながら鍛えていく。バルセロナで金メダルを取った古賀稔彦《としひこ》も、吉田《よしだ》秀彦《ひでひこ》もその講道学舎出身である。

中学は近くの弦巻《つるまき》中学という公立中学に通うが、高校は私立の世田谷学園に通う。世田谷学園が全国大会で常に上位にいられるのも、ひとつにはこの講道学舎から優秀な選手が切れ目なく供給されるからなのだ。

実は、私の家は講道学舎の近くにある。私が自宅から仕事場まで歩いて通うときに、いつも弦巻中学や世田谷学園に通う講道学舎の少年たちとすれ違うのだ。

私が井上康生に関して不思議に思ったことのひとつは、宮崎出身だというのにどうして東海大相模に進んだのかということだった。どうせ親元を離れるなら、講道学舎に、という道もありえたはずだったからだ。古賀が熊本であるのを始め、講道学舎には九州出身者が多いということもある。

井上と話を始めてしばらくしたとき、私はそのことを訊ねてみた。どうして講道学舎に行かなかったのか、と。

すると、井上が一瞬どうしてそんな名前を知っているのだろうという顔をした。私の家がその近くにあるのだと説明すると、こう話し出した。

「実は、僕も講道学舎に入ることになっていたんです」

井上によれば、彼に柔道を教えてくれた警察官の父親が、講道学舎で教えている吉村和郎を高く評価しており、講道学舎に入ることになっていたのだという。ところが、いざ東京に行くという寸前になって、その吉村が全日本の女子のコーチとして迎え入れられ、講道学舎から離れることになってしまった。吉村がいないのなら行っても仕方がないという父親の判断で急遽取りやめになってしまったのだという。そこで中学校は親元から地元の学校に通いつづけ、高校も兄の通う地元の高校に行くつもりだった。ところが、中学三年の時に東海大相模高校から監督が直接スカウトに来た。そのとき母親が、いずれ親元を離れるのだから今のうちから行った方がいいと勧めてくれ、東海大相模に行くことになったのだという。

「そうか、井上さんも講道学舎に入っていた可能性があったのか……」

私が嘆声を発しながら言うと、井上もいかにも面白そうに言った。

「もしかしたら、僕も沢木さんと毎朝すれ違っていたのかもしれませんね」

その仮定は私を楽しくさせた。毎朝すれ違っていた少年が、ある日、絶対の強さを持った柔道家となって目の前に現れる……。

もしかしたら、私との対談で井上が楽しそうに話してくれるようになったのも、その話題が出てからだったかもしれない。まさに「講道学舎のおかげ」だったのだ。

その夜、井上とさまざまなことについて話した。

背筋を伸ばして戦うことの重要さ。シドニーにおける強さの秘密。無心と集中の違いについて。柔道における「礼」の意味。この四年で得たものと失ったもの。そして、さらには、「絶対」の領域に到達できるかどうかということについても話し合った。

私が「アテネで絶対に勝つ」とどうして言い切れないのかを問い、井上が「絶対と言い切るためには神にならなければ無理だ」と答えるという場面もあった。井上は、終始、柔道の素晴らしさについて語り、その苦しさについてはほとんど語らなかった。しかし、話題が子供のことに及んだとき、それを別の言い方で述べることになった。

私は、ひとつの世界で突出した存在である人と話をするとき、たとえばスポーツ選手やアーティストや棋士といったような人と話をするとき、よく投げかける質問がある。それは二つの問いがセットになっているもので、ひとつは生まれ変わってもその仕事をしますかというものであり、もうひとつは自分の子供にその仕事をさせますか、というものである。すると、多くの人の答えは共通するのだ。自分は生まれ変わってもこの仕事をするだろう。しかし、子供にはやらせたくない……。

沢木　それって、面白いでしょ。

井上　面白いですね。

沢木　井上さんはどうですか。

井上　僕もそうかもしれないですね。子供がやりたいと言ったら喜んでやらせるかもしれませんけど、強制的にはどうですかね。いや、やらせたくないかもしれませんね。それはどうしてかというと、そこまで達する人たちというのはすごい努力をしていると思うんですよね。

沢木 そうですよね。その努力は並大抵のものではないでしょうね。

井上 それともうひとつ、それだけの人になってしまうと、子供に掛かるプレッシャーというのはすごく大きいと思うんですね。僕も、同じスポーツをやらせたら、子供にとても大きなプレッシャーを掛けることになると思います。それだったら、野球とか、サッカーとか、それこそ将棋とか、僕とはまったく関係ないものの方が、子供は伸び伸びできるのかなと思いますね。まだ結婚もしてないのにこんなことを言うのはおかしいですけど（笑）。

沢木 みんな同じ気持なんですよね。努力ができるだろうかということとプレッシャーがきついだろうということ。でも、やはり努力というところに行き着くと思うんですね。自分がやってきた努力は並大抵のものではない。これを普通の人が耐えられるわけがない、ましてや自分の子供なんかにという思いがある。井上さんにもありませんか。

井上 ありますね。さっきも言ったように、僕は生まれ変わっても柔道をやりたいというくらい好きですから耐えられると思うんです。でも、中途半端な気持でやる人間には耐えられないと思うんです。だから、そういう面では、自分の子供はかわいくて仕方がないでしょうし、こんな苦痛をさせなくても、って思うだろうという気がするんです。

井上の口から「苦痛」という言葉が漏れた。この井上にして、やはりトレーニングに「苦しみ」を感じることがあるということが、私には逆に新鮮だった。

私はその夜、最後まで、シドニーにおける表彰台での振る舞いに触れなかった。私が受けた印象について話してしまえば、井上のことだから意識的に修正しようとするだろう。私は井上が自分から気がつくかどうか見てみたかったのだ。

アテネを前にした井上のコンディションは悪くないようだった。故障していた左膝もかなりよくなっているように見えた。見学させてもらった昼間の練習でもその回復ぶりがうかがえた。同じ投げの形を反復する「打ち込み」という練習では、ひとりを相手にしていてはあまりにも簡単に体が浮いてしまうので、もうひとりがそれを押さえるのだが、それでも井上が担(かつ)ぎ上げると二人目も体が浮き上がってしまうほど強烈な投げが打てるようになっていた。

ただひとつ、気になったのは、彼がしてくれた不思議な夢の話だった。

数日前、奇妙な夢を見たのだという。それは、アテネの開会式に爆破事件が起こるという夢だったという。

「開会式に出ていると、観客席でドーンという爆発が起きるんです。自分は巻き込まれないいんですけどね」

それを彼の内部にある不安の現れと読み取ることも不可能ではない。いささか通俗的すぎる心理学的解釈のような気がしないではないが、井上の精神状態にも微かな「揺れ」があったのかもしれない。

しかし、アテネに向けての井上に関して、気に懸かったといえばそれくらいだったろうか。

そのアテネの、メイン・スタジアムから少し離れたところにある柔道の会場に来て、井上が出場する男子百キロ級のスタート・リスト、つまり試合の組み合わせ表をピックアップしたとき、ふといやな予感がした。井上だけ一試合多く戦わなくてはならない上に、それを最初にやらなくてはならない。その結果、第二試合も短時間のうちに、変則的な時間にしなくてはならなくなっている。井上がその程度のことで影響をこうむるはずがないとも思ったが、ちょっとしたいやな感じは残った。

籤によってひとつ多く戦わなくてはいけなくなってしまったその最初の試合に、井上は送り襟締めで勝ったものの、いつもの冴えがないようだった。それは、第二試合になると顕著に現れてきた。開始一分後に井上にだけ指導が与えられ、ポイントで先行されると、少し攻めを急ぎはじめたのだ。まだ四分もあるのに何を焦っているのだろうか。やがて相手にも指導が与えられ、また井上が内股で効果を取ったことによって優勢勝ちを収めることになったが、どこかすっきりしない戦いぶりだった。第三試合は一分半のところで内股が一閃し、初めて鮮やかな一本勝ちをしたが、ここでも少し強引すぎないかなという印象を受けた。

そうした井上の姿を見ながら、私は富士見高原で交わした会話のある断片を思い浮かべていた。

それは「柔道」と「ＪＵＤＯ」との違いということについてだった。

沢木　これは素人考えなんですけど、日本の柔道が国際化したときに、英語のＪＵＤＯになりましたよね。それは微妙に違うもので、井上さんの先輩の日本の選手たちはずいぶん苦労したように思うんです。その二つのものは完全に融合しないまま現在まで来ているような気がするんですけど、日本の選手が大変だなと思うのは、日本では日本的な柔道で勝たなければならないし、世界に出ていけば国際的なＪＵＤＯにも勝たなくてはならないという使命を与えられている。両方で簡単に勝てれば問題はないけれど、そうはいかない。外国の選手が日本の選手とやっているのを見ていると、腰を引いて、頭を下げて、とにかく相手のいい組み手にしないようにということだけ考えているようなところがある。そういうのは日本の選手にはありませんよね。

井上　ありません。

沢木　しかし、そういう戦い方をしないために負けてしまうということがないわけじゃない。つまり、井上さんは、日本の柔道と世界のＪＵＤＯの二つに勝たなくてはならない使命がある。

井上　はい。

沢木　そのことはやっぱり大変なことですか。

井上　確かに簡単なことではないですよね。僕が思うには、日本人が国際的なＪＵＤＯにはまってしまったら、日本の柔道は終わると思うんです。滅びると思うんです。やっぱり柔道というのは試合に勝つことも重要ですけど、それ以上のものがあるんです。柔道は柔の道ですから、その道を究めることによって、日本の柔道は強いんです。根本的なところから突き詰めているから日本は柔道で金メダルを死守できているんだと思うんです。もし日本の柔道がすべて外国式のＪＵＤＯになってしまったときは、僕は日本柔道というのは滅びると思います。

沢木　守るのって、やっぱり大変ですよね。

井上　大変だけど、そこで怯んでちゃだめなんです。

沢木　怯んでちゃだめなんですね。

井上　そこで怯んでいちゃだめなんだよ、そこでもういちど攻撃していくんだよ、という心を持っていけばいいんです。

もしかしたら、井上はそうした言葉に縛られてしまっているのではないだろうか。ＪＵＤＯではなく、柔道らしい柔道をするのだという自分の言葉に……。

そして、準々決勝に当たる四試合目の相手はオランダのファン・デル・ヒーストだった。

ファン・デル・ヒーストは強豪のひとりだったが、イスラエルのアリエル・ゼエビやカナダのニコラス・ギルといった、井上とメダルを競う相手とは見なされていなかった。ただ、身長が百九十センチと井上より七センチ高く、手足も長いという特徴を持っていた。

　試合が始まると、ファン・デル・ヒーストはその身長と手足の長さを利用して、なかなか井上のいい組み手にさせない。ようやく井上がいいところを摑むと、掛け逃げ気味の技で「待て」に持ち込む。卑怯と言えば卑怯、巧妙と言えば巧妙な試合運びで、井上にチャンスを与えない。逆に、井上が内股にいったところを返し技で有効のポイントを取ると、そこからはさらに掛け逃げ風の技を連発するようになった。それを審判が反則に取らない。そのため、井上はしだいに焦ってきた。いや、表情は変わらないが、技の掛け方が雑になってきてしまったのだ。そこを狙われ、今度は朽木倒しで有効を取られることになった。有効で二ポイントのリードを許してしまった。しかも時間は刻々と過ぎていく。

　残り四十八秒のところで井上の内股がファン・デル・ヒーストの体を跳ね上げたが、完全に回転させるまでにはいたらなかった。有効と判定されてしまったため、まだポイントでリードされている。早く、できるだけ早く攻撃をしなくてはならない。

　ところが、その直後に、ファン・デル・ヒーストは鼻血を理由に休みはじめたのだ。

疲労困憊し、呼吸が上がるだけ上がっていた彼は、このまま戦いつづければ、今度は本当に一本を取られてしまうと思ったのだろう。時間の引き延ばしを図ったのだ。畳に座り込み、治療を求め、オランダのチームドクターも必要以上にゆっくり治療をした。なんとその時間は一分半を超えたが、審判はなぜかそれをやすやすと許してしまったのだ。ファン・デル・ヒーストの戦いぶりに一度も反則を出さなかったことを含め、この一連の審判の裁きは明らかに不当なものだった。しかし、私にはどこかに、井上ならこの程度の不当さなら乗り越えられるはずだという思い込みがあった。井上なら、こうした試練に打ち勝つだろう、と。

井上がその治療を中腰で待とうとすると、審判は立っているようにと命じた。後で確かめると、国際ルールではそれが正しいのだという。しかし、井上も知らないわけではなかったろうに、どうして中腰になろうとしたのか。井上も微妙にどこかが狂っていたのかもしれない。

残り時間が十五秒を切ってしまった。ひたすら攻撃するしかない井上は、惰性のように前に出ていった。と、その瞬間、井上の体がきれいに一回転させられた。ファン・デル・ヒーストの、ほとんど苦しまぎれの一本背負いを食ってしまったのだ。それは、井上にとって、三年前にハンガリーのアンタル・コバチに取られて以来の一本だった。

井上は敗者復活戦にも一本で敗れ、一日に一本で二試合も負けるという、かつて経験がないのではないかという屈辱を味わうことになった。

そのとき、私はこう思ったのだ。井上を敗れさせてしまったのは、彼にあまりにも多くのものを求める私の、あるいは私たちの「思い」だったのではないだろうか、と。

アテネでは井上は表彰台の一番高いところに上がることはなかった。それどころか、二番目にも三番目にも上ることはできなかった。アテネでは表彰台の上での井上を見ることはできなかったのだ。

その試合の四日ほど前、私は柔道の山下泰裕と食事をする機会があった。話は、ロサンゼルス大会におけるモハメッド・アリ・ラシュワンとの決勝戦から、プロ野球の一リーグ制についてまで多岐にわたったが、山下はそこでアテネの柔道に関する三つの「予言」をした。

第一は、谷亮子と野村忠宏が揃(そろ)って金メダルを取る確率は五割しかないだろう、現実的には二人でひとつと思っていた方がいいということ。

第二は、アテネにおける柔道の日本代表はアトランタ以来の惨敗を喫する可能性がある。なぜなら今回の代表は、ソウル、バルセロナの時と比べると数段力が落ちるからだ。

そして、第三が井上康生に関するものだった。

山下によれば、井上が金メダルを獲得できる確率は六割しかないだろうというのだ。あとの二割が二番手の選手、一割が三番手の選手、最後の一割がそれ以外の選手が金メダルを取る確率だと言う。井上に関しては、九割とか、九割五分とかいう数字が出てくるのだと思っていた私は、その「予言」の厳しさに驚いた。

結果は、谷と野村が揃って金メダルを取ることで第一の予言がはずれ、また柔道の男女の代表が史上空前の八個の金メダルを取るということで第二の予言も外れた。不幸にも当たってしまったのは、井上に関する第三の予言だけだった。一割の確率しかないとされていた「それ以外の選手」が金メダルを取ってしまったのだ。

負けた井上について、日本ではさまざまな憶測や噂が乱れ飛んだという。

そのひとつに「格闘技への転身」というものがあったらしい。

だが、それについては彼自身が富士見高原でこんなことを言っていた。

沢木　もし井上さんが致命的な怪我をして、もう世界の頂点での戦いはできないということになった場合、どうします。将来、そう五年後でも、十年後でもいいんですけど。それでも柔道をやりつづけますか？

井上　自信を持って言えると思いますけど、やりつづけるでしょうね。そのときは柔道を伝道していくのかなと思います。次の人たちに伝えるということをしていくのかなという感じがしています。もし体が動かなくなって体で教えられないようになっていたら口でも教えていかれますしね。

沢木　柔道から離れていく自分というのは想像できない？

井上　できませんね。離れたくないという思いがあります。もう、ずっと、柔道のすばらしさというのを、僕が死ぬまで伝えていきたいという思いを強く持っています。

沢木　いま、井上さんの先輩たちの何人かが参加している総合格闘技というのがありますね。あれ、ご覧になりますか。

井上　見ますよ。

沢木　あれを見ていて心が惹(ひ)かれるということはありません？

井上　惹かれるということはありませんけど、見ていて面白いということはありますね。

沢木　興味は持っている？

井上　興味は持っています。いろいろな先輩方があそこに行っていますから。でも、僕自身は柔道界というものを引っ張っていかなければならない役割があると思っているんです。僕が勝手に思っているだけなんですけどね（笑）。

沢木　たぶん井上さんはそう思っているんだよね。でも、それって、すごい思い決め方だね。

井上　今後、競技生活が終わったとしても、自分としては柔道を引っ張っていく人間になりたいんですね。それが自分の使命だと。それ以外の世界に行く方たちがいてもそれはそれでかまわないと思うんです。人間というのは……。

沢木　いろいろだもんね。

井上　そうなんです。実際にいろいろだから、自分で選択していけばいいと思うんですね。ただ、僕自身は、生涯、柔道を引っ張っていく人間でありつづけたいなと強く思っています。

この言葉に嘘はないと思う。そして、アテネにおける「失冠」がその決意を打ち砕くものではないように思える。

だが、私にはそのことより気になることがあった。

話をしている中で、井上があまりにもすべてに関して肯定的な考え方をするので、いくらか揶揄するような調子で私はこう言った。

「たまには否定的に考えることはないの？」

すると、井上は苦笑して言った。

「ありますよ」

「ありますか」

「それはありますよ」

そして、さらにこう続けたのだ。

「ときどき、三カ月に一度くらい、誰にも会いたくなくなってきてしまいますから。それで部屋に閉じこもってしまうような感じもありますしね」

それを聞いて、たぶん彼にはあり得ることなのだろうなと私は思った。

井上の表情には、末っ子で母親っ子の「甘ったれ」だったというのとは異なる、独特の陰影がある。あえていえば、「昏さ」がある。それが、時に浮上してきて、井上を深く落ち込ませるのだろう。

私が心配したのは、敗れた井上がこのアテネでも深く落ち込み、部屋に閉じこもりきりになるというようなことがなければいいのだがということだった。選手村は相部屋だろうから、ひとりきりになるということはできないだろうが、それでも人目を避けて過ごすことはできる。敗北の理由を聞いたりするような無神経な選手はいないと思うが、逆に労りの視線が煩わしいということもある。できればひとりでいたいだろう。

——いま、井上はどうしているだろう……。

私はアテネで他の競技を見ながらそのことが気に掛かってならなかった。

井上の敗戦から五日後のことだった。私は女子バレーボールの日本対中国の試合を見に行った。決勝トーナメントの第一戦だが、世界ランキング一位の中国を相手にするということは、ほとんどそれが最後の試合であるということを意味していた。

試合は、予想外に日本が善戦したが、最終的には三対〇のストレートで負けた。その直後、キャプテンの吉原知子の話を聞こうと、選手と接触できる唯一の場所であるミックスゾーンに行くと、そこで私は思いがけない顔を見つけた。井上康生がいたのだ。

「見にきてたの！」

私が頓狂な声を上げると、井上はにこっと笑って言った。

「はい、見にきました」

このように日本のジャーナリストが大勢いるようなところに顔を出すのはつらいだろうに、それに耐えてやって来ていたのだ。

「よく見にきたね。偉いなあ」

私が言うと、照れたように言った。

「こんなに日本選手が頑張ってるんですからね、応援しなくては」

もちろん、日本選手団全体の「キャプテン」としてある程度の「無理」をしていることだろう。いや、相当の「無理」をしていることだろう。しかし、この「無理」は彼のこれからの人生にきっと役に立つに違いない。おそらくは復活を目指すだろう四年後の北京においてだけでなく、彼が望んでいる「柔道の伝道師」としての人生においても……。


と、ここまでを、準決勝でオーストラリアに敗れた日本が、カナダと三位決定戦を行う予定の野球場のプレス席で書いていた。試合開始までにだいぶ時間があったからだ。

すると、誰かにトントンと肩を叩かれた。振り向くと、そこにニコニコ笑っている井上康生が立っていた。

「ここにも来たの！」

「ここにも来ました」

私は嬉しくなって彼に言った。

「日本に帰ったら、一緒に酒でも飲もうか」

すると、井上も笑いながら応えてくれた。

「いいですね。楽しみにしています」

そのとき私は、アテネの表彰台の上で、私が望むような井上を見ることはなかったが、台の外で、台の上で私が見たかった彼以上の彼を見たと思った。

（04・10）

檀（だん）の響き

その作品に『檀』というタイトルをつけることはかなり早い段階に決めていた。彼女が檀一雄（かずお）を語るときに発する「檀は」という言葉には、すでに亡（な）くなっている夫を文学史上の人物として客観的に語ろうとする意志と、しかし、にもかかわらずまとわりついてしまう妻としての思いが絡（から）み合った、複雑で微妙な響きがこもっていた。私も「檀さんは」と応じながら、もしこれがなんらかの仕事につながることがあれば、『檀』というタイトル以外にないなと思うようになっていたのだ。

その『檀』を、この六月に一挙掲載という形で雑誌に発表して以来、何度となく投げかけられてきた問いがある。『檀』はノンフィクションなのかフィクションなのかということである。

そう訊ねたくなるのも無理はないところもある。冒頭から「私は」という一人称による語りで始まるのにもかかわらず、その「私」は明らかに書き手である「私」とは違う。通常、そのような形で「私」が登場してくれば、間違いなくフィクションということになる。

確かに、この『檀』における語り手の「私」は、書き手である「私」ではなく、檀一雄未亡人ヨソ子である。しかし、ならばこれはフィクションではないかと問いつめられても、素直にそうだとはうなずくわけにはいかない。少なくとも、この作品を書くに際して、私にフィクションを書こうという意識はまったくなかったからだ。これまでもそうであったように、ただ事実だけを書こうとした。一年余にわたって檀ヨソ子の話を聞きつづけ、それを中心に据えて『檀』を書いた。その意味では、何の注釈もなしに、これはノンフィクションだと答えてもいいはずのものである。しかし、フィクションではないかという問いに素直にうなずけない私は、なぜかノンフィクションだと声高に宣言するのもためらわれる気がしてならないのだ。

もうこれは別段目新しい言い方ではなくなりつつあるが、「ノンフィクションもまたひとつのフィクションにすぎない」という考え方がある。ノンフィクションが事実の断片を再構成したものである以上、その断片の採集や構成の仕方に書き手の恣意が紛れ込まざるをえない。恣意とはほとんど虚構と同義ではないか、というわけだ。

だが、ここで、私が『檀』はノンフィクションだと声高に主張するのをためらうのは、そうした「ノンフィクションもまたひとつのフィクションにすぎない」との考え方とは異なるところから生じるためらいのためである。

私は永く、ひとりの書き手として、ある人物の内奥の声をどこまで聞き取ることができるかという試みをしたいと思いつづけてきた。二年前、目の前に檀ヨソ子という女性が現れたとき、そして、その女性が時間をかけてゆっくりと話すことに同意してくれたとき、私は永年の願望を実行に移すことにしたのだ。

私はただ、檀一雄という希有な作家の妻として生きたひとりの人物の声を聞き取ることだけに集中した。それは、『火宅の人』という不思議な傑作の主要な登場人物として描かれ、だからその作品世界に幽閉されたひとりの人物を救出することでもあった。それはまた、かつて私が『テロルの決算』の中で、単に大物右翼に使嗾されたに過ぎないと思われていた十七歳のテロリストを、そうした思い込みから解き放とうとした行為と似ていたかもしれない。だが、その『テロルの決算』とこの『檀』では、決定的に違っているところがひとつだけある。

どちらも、伝説や物語に幽閉されている人物の本当の声を聞き取ろうとしたものであることには違いがない。どちらの作品でも、聞き取った声を忠実に文字に写そうと努力した。だが、『テロルの決算』においては、そこで聞き取られた声がどれほど正確なものかという点について、さまざまな人に会い、さまざまな資料に当たって綿密な検証をしたのに対し、『檀』では、檀ヨソ子の声にだけは忠実だったが、その声によって語られたものが事実かどうかの精密な検討はしなかった。そこには当然、彼女の勘違いや記憶違いがいくつもあったろう。あるいはそれらを、これまでのように精密に検討し、単なる錯覚として訂正してもよかった。しかし私は、彼女が忘れたものは忘れたままに、思い違いは思い違いのままに、幻想は幻想のままにしておいてあげたいと思ってしまったのだ。

この『檀』はノンフィクションなのかフィクションなのか。たぶん、ノンフィクションでもなく、フィクションでもない。確かなことは、これが私の物語りたかったひとつの「物語」であるということだ。

（95・12）

すべて眼に見えるように

子供の頃、私は作文が苦手だった。

学校で原稿用紙を配られ、さあこれから「夏休みの思い出」について作文を書きなさいなどと言われると憂鬱（ゆううつ）になった。原稿用紙を前にした私は、まるで白い広野に向かって立ちすくんでいるときのような恐怖感を覚え、鉛筆を持つ手が動かなかった。

そんな私がいまは職業的なライターとして日常的に文章を書きつづけている。それには、文章の書き方において、ひとつの方法を身につけることができたことが大きかったように思える。

私は、これまで、ノンフィクションと言われるものを多く書いてきた。しかし、私は、新聞社や出版社に勤めたこともなく、編集プロダクションのようなものにも属したことがない。だから、誰かに文章の書き方を教わったりしたことがない。すべてひとりで書き方を工夫してきたのだ。そして、どうにか身につけることのできたその書き方とは、ひとことで言ってしまえば「できるだけ眼に見えるようにする」ということだった。頭の中にあるものを視覚化する。いや、実際には、頭の中にあると思っているだけで、視覚化するまでは本当の意味では頭の中にも存在していない場合が多い。眼に見えるものにしたとき、初めて存在していたということが確認できるだけなのだ。

なぜ書けないのか。それは最初からきちんとした文章を書かなくてはならないという脅迫感があるからだ。それをまず取り除いてしまう。そのために私が見《み》出《いだ》した具体的な方法は「単語から文章へ」というものだった。

頭の中のもやもやしているものを、まず暗号のように簡単な単語で記してみる。それはとても簡単なことだった。次に、その単語を並べて短い文章にしてみる。これもそう難しいことではない。たとえば、《子供の頃　作文　苦手》とあったら、《子供の頃、作文が苦手だった》とするだけなのだ。それを繰り返すうちに、いくつかのセンテンスが生まれる。

そのようにして生まれた文章に何度か眼を通していると、そのセンテンスに何か付け加えたいことが出てきたり、センテンスとセンテンスの間に入ってくるべき文章が浮かんできたりする。

しかし、重要なのは「書こうと思うこと」が浮かんでこないという場合である。私はライターになったばかりの頃、主に仕事をしていたある雑誌の編集部に行っては、その日に取材したことを逐一話したものだった。その編集部の人たちは聞き上手で、「それで？」とか、「それが？」とか合いの手を入れながら聞いてくれる。そこで熱中して話しているうちに、自分にとって面白いことと他人にとって面白いことが少しずつわかってくるということが続いた。

もし作文で何を書いたらいいかわからない子供がいたら、とにかく話を聞いてあげることだ。どんなに話し下手な子でも、話しているうちにはいくつかの単語が口をついて出てくるだろう。話のあとで、その単語を書き取らせるのだ。基本的にはそれだけで作文は書けると思う。

いまの私なら、「夏休みの思い出」という題の作文をうまく書けないでいる小学生の私にこんなふうに話を聞いてあげるかもしれない。

「夏休みは何をしていたの？」

「毎日セミを捕ってた」

「セミって、どうやって捕るの？」

「網で」

「むずかしい?」

「アブラゼミは簡単だけど、ミンミンゼミはむずかしい」

「どうして」

「ミンミンゼミは高いところにとまっているから」

「柄の長い網なら捕れるの?」

「長い網でもミンミンゼミはうまく捕れない」

「どうして」

「用心ぶかくて、網を近づけるとすぐ逃げちゃうから」

「アブラゼミは?」

「ちょっとバカだからあまり逃げない」

「おもしろいね」

「アブラゼミはたくさん捕れる」

「この夏休みに何匹捕った?」

「100ぴき以上」

「ミンミンゼミは?」

「3びき」

そこで、私は小学生の私に単語を書き取らせる。すると、小学生だった私はこう書くかもしれない。
《夏休み　セミとり　ミンミンゼミ　アブラゼミ　用心ぶかい　ちょっとバカ　100ぴき　3びき》

ここまでくれば、もう作文の半分くらいは書けたも同然だ。

もし、こうした経験を何回か繰り返せば、質問者がいなくても同じことができるようになるかもしれない。自問自答ができるようになるのだ。しかし、とにかく大事なのは、ぼんやりとしていることを単語という形で眼に見えるものにするということである。その単語を簡単なセンテンスという形でさらに明瞭（めいりょう）に視覚化する。視覚化されたセンテンスは、さらに新たな言葉、新たなセンテンスを呼び寄せてくれることになるだろう。

（04・3）

白鬚橋から

すべては、三年半前の冬、向島の白鬚橋というところにある病院に見舞いに行ったことから始まった。

そこには、世界的なクライマーでありながら一般的にはほとんど無名の山野井泰史さんと妙子さん夫妻が二人して入院していた。山野井夫妻は、前年の秋にヒマラヤのギャチュンカンという山で重度の凍傷を負い、手術を受けるため入院していたのだ。

もっとも、私が見舞いに訪れたとき、すでに手術は何週間も前に終わっており、一種のリハビリの時期に入っていた。

本来、私は山野井夫妻と面識はなかった。ただ、山野井泰史という名前は知っていた。それは、かなり以前に、山と溪谷社の編集者である神長幹雄氏に話を聞いていたからだ。山野井泰史は日本で最強のソロ・クライマーであるだけでなく、世界でも五本の指に入るソロ・クライマーであるだろう、と。しかし、それは一般的な知識として知っていたというだけであり、山野井泰史の本当の凄さを理解していたわけではなかった。

ところが、二月のある日、山野井泰史について教えてくれたその神長氏から電話が掛かってきた。

「山野井君が、ギャチュンカンという山から奇跡的に生還して、いま病院に入院しています。もしよかったら一緒に見舞いに行きませんか」

しかし、一面識もない人のところに見舞いに行くというのも妙なものだ。遠慮するよ。私がそう言うと、何事にもあっさりとした対応をする都会的な神長氏が意外なことを言う。

「山野井君は沢木さんの読者です。行ってあげたら喜ぶと思いますよ」

そう言われて、気持が動いた。私の本を読んでくれているクライマーとはどういう人なのだろう。会ってみたいな、と。

実は、神長氏が私を山野井さんと会わせたがったのには理由があった。神長氏には、まだ一冊も自分の著作を持っていない山野井さんに本を出してもらおうというプランがあり、もし私が山野井さんに関心を抱けば、その本の巻末に解説風のエッセイを書いてもらいたいという思惑があったのだ。

いま思えば、かりにどのような思惑があったにしろ、そのとき神長氏が、ためらう私の背中をひと押ししてくれなければ、それから二年半後に『凍』という作品が生み出されることはなかったとだけは言える。そして、神長氏の「山野井君は沢木さんの読者です」という言葉は、会わせたいための「仲人口」ではなかった。ボクシングの好きな山野井さんは、スポーツものを中心にして、私の作品をよく読んでくれていた。

二月のある晴れた日の午後、私と神長氏は電車を乗り継いで白鬚橋に向かった。

私は、こうして、山野井夫妻と初めて会うことになったのだ。

受付で教えてもらった病室には、知り合いらしい人が何人も見舞いにきていた。最初のうちはその相手を夫人の妙子さんが引き受けてくれ、山野井さんが談話室のようなところで私たちの相手をしてくれていたが、やがてしばらくするとその人たちと一緒にみんなで話すことになった。

そこで、知り合いらしい人たちとのやりとりや、私の訊ねたことへの答えを聞いたりしているうちに、山野井夫妻の人柄というものが少しずつ理解できてきた。そして、その短い「見舞い」のあいだに、私は彼らに強く惹きつけられていた。

山野井夫妻は、夫の泰史さんだけでなく妙子さんも世界的なクライマーだった。二人が重度の凍傷を負ってしまったのは、「難峰」とも言うべきギャチュンカンの北壁を一緒にクライミングしているときのことだった。登頂後、下降をしている最中に雪崩に遭い、垂直の崖で宙吊りになってしまう。そこから辛うじて脱出できたものの、崖にへばりつくような苛酷なビバークを余儀なくされ、二人とも回復不能なほどの凍傷を負ってしまうのだ。

その結果、山野井さんは手の指の五本と足の指の五本、妙子さんは以前に失っていたものも含めると、手の指のすべてと足の指を八本失うことになった。

とりわけ、妙子さんの手は、十本の指を付け根から切断しなければならなくなったため、完全に手のひらだけになっている。それを見せてもらったときは、やはり何と言っていいかわからず、押し黙らざるをえなかった。

ところが、驚いたことに、当の妙子さんはごく普通なのだ。みんなにごく普通に凍傷を負った経緯の説明をし、みんなと一緒に笑っている。だからといって、無理に明るくしているわけでもなければ、悲しみを押し隠しているわけでもない。私たちだったら、指先がちょっと切れただけで大騒ぎするだろうし、指が一本でも欠けたら、もう人生が終わりだというくらい嘆くかもしれない。しかし、妙子さんは、好きなことをして失ったのだから仕方がない、と淡々としている。

それは妙子さんだけではなかった。手の指を五本失い、先鋭なクライマーとしての道を閉ざされてしまった山野井さんもまったく変わらなかった。

私はその二人に強い印象を受けた。それが私に、「今度、一緒に食事でもしようね」と別れ際(ぎわ)に言わせたのだと思う。

それから一カ月ほどして、また山と溪谷社の神長氏から電話が掛かってきた。山野井夫妻がいま伊豆の城ヶ崎(じょうさき)にいて、近く訪ねて行こうと思うのだけれど、もしよかったら一緒に行きませんかと言うのだ。二人は、いったん奥多摩にある家賃二万五千円で借りている「古い借家」に戻ったが、あまりにも傷口が冷えるので知り合いの持っている城ヶ崎の別荘を借りて暮らすことになったらしい。神長氏によれば、山野井さんも、部屋はあるので沢木さんも泊まりがけで来ませんか、と言っているとのことだった。

私は思わぬことで「今度、一緒に食事でもしようね」という自分の言葉が実現できることに喜んだ。

実際に行ってみると、そこは別荘という言葉の響きよりはだいぶ質素な家だったが、大量に買い込んだ食料をみんなで調理したり、食べたりするのには充分の環境が整っていた。食後は、思い思いのところに座り、紅茶を飲みながらいろいろな話をした。私が山野井さんに訊ねられて答えることもあったし、山野井さんが私の質問に答えて説明してくれることもあった。二日にわたって長時間おしゃべりしたが、少なくとも私は飽きなかった。

春になって暖かくなると、山野井夫妻は城ヶ崎から奥多摩の自分の家に戻っていった。その家で、二人はカマドでご飯を炊くというようなつましくも優雅な生活をしているのだが、私はそこにも肉やケーキを買い込んでは訪ねるということを繰り返すようになった。

なにより二人から聞く山の話、とりわけ彼らが多くの指を失うことになるギャチュンカンのクライミングの話が面白かった。それがいかに凄まじいものであったか、それを二人がいかに素晴らしい能力によって乗り越えてきたか、山についてまったく素人の私にも少しずつわかってきた。

私が「見舞い」に行ってから約一年たった頃、神長氏の「山野井君の本」も具体化し、山野井さんが一章ずつ書いては渡すということになった。そして、以前のようには山に登れなくなってしまった山野井さんが、意外なスピードで書き終え、刊行のスケジュールが組まれるまでになった。

そんなある日、神長氏から正式に「山野井君の本」の巻末に載せるエッセイを書いてもらえないかと頼まれた。一応、山野井さんの原稿を読ませてもらうと、これが面白い。専門的すぎるところがなくはなかったが、文章は簡潔で正確だった。内容は、これまでに登ったヒマラヤの山々についての登山記録であり、そのあいだに日常にまつわる短いエッセイがはさみこまれるという構成になっていた。

読み終えて、その本が山野井さんの人柄と同じように背筋の通った清潔な本であることがわかった。そこに私のような者のエッセイを収録するのは、この本を汚すことになる。山野井さんの文章だけで一冊の本として充分に成立しているから、私の文章などを入れるということは考えない方がいい。

そう告げると、神長氏はなかばそれを「仕事をしたくないための言い逃れ」だと思いつつも、正論なので受け入れてくれた。

その本の骨格が固まり、出版の時期がほぼ決まりかけたとき、用事があるという神長氏と奥多摩に出掛けた。

問題がひとつ残っていたのだ。それはタイトルをどうするかということだった。神長氏はその本のために『単独主義』というタイトルを用意していた。ところが、それを聞いた妙子さんが少し首をひねった。

「泰史の本に主義というような言葉は合わないいんじゃないかな」

妙子さんは、山野井さんの生き方が「主義」というようなものによって支えられているのではないということを言いたかったのだ。

私は『単独主義』というタイトルがさほど悪いものだとは思わなかったが、妙子さんの言いたいこともよくわかるような気がした。

神長氏と奥多摩の山野井さんの家に行き、しばらく雑談しているうちにタイトルの話になった。

「何かいいタイトルはありませんかね」

山野井さんが冗談めかして私に訊ねてきた。

そこで、その場は、にわかづくりの「タイトル検討会議」のようなものになってしまった。

「妙子さんは、どんなのがいいと思う?」

私が訊ねると、妙子さんが言った。

「よくわからないけど、何とかの軌跡、とか……」

それを聞いて、私は言った。

「イメージはわかるけど、何とかの軌跡、というのはあまりにもありきたりすぎるかもしれないね。軌跡じゃなくて、他に何かいい言葉はないかな」

そうしてみんなで二字の言葉を探しているうちに、どこからかポロリと「記憶」という言葉が出てきた。

「何とかの記憶、っていうのは、僕にはちょっとかっこよすぎるけど、いいですね」

山野井さんが言った。

「何の記憶がいいだろう」

神長氏が言った。それからまた言葉の探索が再開された。山頂、岩壁、氷雪、単独行……さまざまな言葉が浮かんでは消えていった。

しかし、結局、その日は、これだというタイトルが決まらなかった。

夜、奥多摩から神長氏の運転する車で都区内に戻る途中も、私はなんとなくタイトルにふさわしい言葉を探していた。

――何の記憶、だろう……。

そのとき、ふと、「垂直」という言葉が脳裡をよぎった。それは、山野井さんがこう言っていたことが頭のどこかに残っていたからかもしれなかった。

「僕はどんな山を登るのも好きだけど、やっぱり垂直な岩壁から体が宙に突き出しているようなところを攀じ登るのがいちばん好きだと思う」

この本は、必ずしもそうした岩壁を登るだけの記録ではないが、「垂直」という言葉は、山野井さんの生き方を象徴する言葉のような気もする。

私は隣で運転してくれている神長氏に話しかけた。

「さっきのタイトルの話だけど、『垂直の記憶』というのはどうだろう」

すると、一度口の中でその言葉を転がした神長氏が、少し興奮したように言った。

「いいですね。『垂直の記憶』。いいですね」

「メインタイトルは『垂直の記憶』にして、それだけでは少し説明不足のような気がするんだったらサブタイトルをつける。『岩と雪と氷の七章』。もしそれが長すぎるようなら『岩と雪の七章』でもいいかもしれないね」

私が言うと、神長氏が今度は口に出して復誦した。

「『垂直の記憶――岩と雪と氷の七章』、『垂直の記憶――岩と雪の七章』……こっちの方がいいですね」

　私も、神長氏が口にするのを聞いて、そう思った。

「これ、山野井さんに伝えてもいいですかね」

　もちろん、かまわない。私が言うと、神長氏は車を停めて、携帯電話を掛けはじめた。そして、話を終え、電話を切った神長氏が言った。

「山野井さんもとても喜んでいて、すごくいいと言ってました」

　そうして、山野井泰史の最初の著作は『垂直の記憶──岩と雪の7章』というタイトルに落ち着くことになったのだ。

　そうなると妙なもので、他人の本であるにもかかわらず、なんとか売れてほしいと思うようになった。赤ん坊の名付け親が立派に成長してくれるよう望むようなものだったろう。

　私は、山岳雑誌ではなく、一般誌で山野井さんと対談をして本の宣伝をするのに協力することにした。その話を当時「週刊現代」の編集長をしていた鈴木章一氏にすると、喜んで誌面を提供してくれることになった。

　その「週刊現代」における対談が、こんどは私が『凍』を書くことになる大きなステップになった。山野井さんのためにと思って引き受けた仕事が、実は私自身のためのものになっていたのだ。

山野井さんとは何度も長時間話している。あらためて対談をしたからといって、新しい話はあまり出てこないかもしれないという危惧がないことはなかった。しかし、それは杞憂だった。

これまで何十時間も話しているといっても、それは私的なものであり、別に目的もない、単なる「おしゃべり」にすぎなかった。ところが、対談の場としてホテルの一室が用意され、速記者や編集者が周囲にいると、いつもとは違う別の力が作用する。いわばギャラリーを意識することによってテンションが高まるのだ。しかも、二時間という時間を区切られた「おしゃべり」であることが、ドライブのきいた話を導いてくれることになる。

そこでは、私が初めて聞く話がいくつも出てきた。中でも心を動かされたのは、山野井さんの子供のころの、次のようなエピソードだった。

山野井　僕は小学校で山登りを始める前から、冒険的なことにすごく興味があったみたいなんですね。たとえば、踏み切りの前に立っていると、長い貨物列車が通過していくことがあるじゃないですか。それを見ていると、とてもゆっくりな動きなんで、その下をくぐれるタイミングっていうのがあるのがわかるわけですよね、数秒。

沢木　そんなのあるかどうか知らないけど（笑）。

山野井　あるんです（笑）。すると自分で自分に「おまえはなんでこれをくぐらないんだ。行け！」って声が聞こえる。できないですけどね。

沢木　でも、山野井少年はしたいなとは思うわけね。

山野井　うん。アドレナリンという言葉は当時知らなかったけど、やればすごく達成感が得られるはずなのに、どうして自分はやらないんだろうと思っていた記憶があります。

その話を聞いたとき、山野井泰史という人物がふっと理解できたような気がした。ゆっくり走る貨物列車。それを踏切の前で見送っている小学校低学年の少年。その少年の目には、素早く走り抜ければ、貨物列車の下をくぐり抜けて、向こう側に行かれるということがわかる。だが、失敗すれば、轢（ひ）かれてしまう。成功できると思うのにどうして自分は走り抜けられないのだろう。それは本当にはできないからかもしれない……。

そこには、他人から見れば無謀とも思える「不思議なこと」を考える想像力と、勇気を含めた自分の力量を冷静に判断する能力を併せ持つことになる、未来の山野井泰史の「原型」が存在していると思えた。

このときの対談では、私を『凍』の世界に押し出す、もうひとつの重要なことがあった。

対談が終わり、ホテルのレストランで一緒に夕食をとっているときだった。山野井さんが、この秋、もういちどギャチュンカンに行くつもりだという話を始めたのだ。

二人は、困難な下降の末、かろうじてベースキャンプに戻ることができた。その過程でひどい凍傷を負ってしまったことは仕方がないと思っている。ただ、最後の最後の段階で荷物を残し、空身でベースキャンプまで歩いてきたことが気になってならない。置いてきてしまった荷物は山にとってゴミになってしまうからだ。そこで、ギャチュンカンに残してきた荷物を拾いに行くというのだ。私はその話にも強く心を動かされた。自分たちを死の縁まで追い込んだ山に、ただゴミを残したくないというだけの理由で、荷物を回収するために再訪する。素晴らしいな、と思った。

その感動が思わず私にこう口走らせてしまった。

「面白そうだなあ、僕も行ってみたいなあ」

そうは言ったものの、これまで私はまったく山というものに登ったことがなかった。そんな私がヒマラヤのギャチュンカンに行きたいなどと言うのは、口にするだけでも「天をも恐れぬ所業」だったろう。

ところが、私がそう口走ると、山野井さんがいともあっさりとこう言ったのだ。

「ああ、いいですね、一緒に行きましょうか」

そう言われて、逆に私が慌(あわ)ててしまった。

「でも、僕なんかが行けるかなあ」

すると、山野井さんはさらにあっさりと言い放った。

「ふだんの歩き方を見ていればだいたいのことはわかるけど、沢木さんは大丈夫だと思いますよ」

そう言われては、もはや前言をひるがえすなどというわけにはいかなくなってしまった。

それが一昨年の三月の末のこと。その年の七月には山野井夫妻と一緒に生まれて初めての山として富士山の山頂に登り、九月には本当にヒマラヤのギャチュンカンに向かうことになった。そして、実際に、まるで飛び級をして大学院に進学してしまった幼稚園児のように、私は山野井夫妻を「ガイド」にして、ついに五千五百メートル地点まで登ることになる。

私は、二人がベースキャンプとしたところからギャチュンカンの北壁に正対したとき、こう思った。彼らのギャチュンカンにおける圧倒的なクライミングの全体を、その人生と重ね合わせるようにして書いてみよう、と。そして、帰りのキャラヴァンの途中、私は二人に告げたのだ。いままでは遊びだったけど、これからは書くための取材をする者として付き合わせてくれないか、と。

（06・12）

「角度」について

私は二十代の前半に東京放送、現在のＴＢＳが発行している「調査情報」で多くの仕事をさせてもらった。ジャーナリズムのどのような組織にも属した経験がなく、たった二本のルポルタージュしか書いたことのない若造を、当時の「調査情報」の編集部は、いま考えれば信じられないほど重用してくれた。のちに、私の『敗れざる者たち』と『人の砂漠』という初期作品集の核になるのは、ほとんどが「調査情報」に書かせてもらったものである。

しかし、私にとって「調査情報」は、最初に現れた「ホームグラウンド」であるだけでなく、ひとつの「学校」のようなものでもあった。教師は、編集部にいた今井、宮川、太田（おおた）の三氏。そこで私は、ノンフィクションを書くにあたっての、最も重要なことを教えてもらったのだ。

そこで私が学んだのは、「好奇心」の「角度」というものだった。

ノンフィクションを書くに際して、まずなにより大事なのは「私」という存在である。その「私」が「現場」に向かうことによってノンフィクションは成立する。そして、そのとき、「私」と「現場」をつなぐのは、どのようにきれいに言い繕おうとも、やはり「好奇心」というものである。「好奇心」が「私」を「現場」に赴かせる。

多かれ少なかれ「好奇心」というものは誰でも持っている。しかし、それがジャーナリズムの世界で意味を持つためには、「現場」に差し向けられる「好奇心」に、ある「角度」が必要なのだ。そして、その「角度」こそが、その人の個性となり、結果的にその人の書くノンフィクションの個性となっていく。

いまでも鮮やかに覚えていることがある。

夕方、「調査情報」の編集部があった調査部の部屋に行くと、いつものように酒盛りの真っ最中であり、今井、宮川、太田の三氏が揃(そろ)っていた。そして、私を待ち兼ねたように、五枚つづりのコピーを取り出した。

それは、当時の東京放送の最も重要な報道番組であった「ニュースコープ」で流されたニュースの原稿だった。

①沖縄では、本土復帰後も台湾漁船の不法入域や不法上陸が相ついで起きています

が、那覇にある第十一管区海上保安本部は、このほどこのような台湾漁船の取り締まりに乗り出しました。
②那覇にある第十一管区海上保安本部によりますと、復帰後、与那国島や西表島などへの不法上陸が五十二件も発生しています。
③そして、きのうもおととい も、台湾の二隻の船が西表島の祖納港に入港したうえ、台湾人を仲介して石鹼・煙草・ビールなど五、六百円相当の品物を買い入れています。
④このようなことから第十一管区海上保安本部では、出入国管理令による不法入国、税関法に基づく密輸出の疑いがあるとして取り調べていますが、刑事事件として取り扱ったのはこれが初めてです。
⑤なお、第十一管区海上保安本部としては、台湾船の不法入域に対する取り締まりに関して、具体的な方針を打ち出しておらず、台湾船の領海侵入は今後とも続くものとみられます。
これを私に読ませると、三氏は口々に言った。

「妙だと思わないか？」

しかし、私には別段おかしいところはないように思えた。

私が首を振ると、きちんと読んでみろというような調子でこう言われてしまった。

「密輸出の金額が五百円とか六百円とか言うんだぜ」

そう言われて、初めてアッと声を出しそうになった。三氏は、密輸出などというおどろおどろしい言葉の犯罪にしては、あまりにも金額が少なすぎないかと言っていたのだ。

「行ってみないか？」

私はその場で取材費を受け取ると、翌日の昼には復帰直後の沖縄に渡っていた。そして、当時は、沖縄の人ですらどこにあるか知らなかった与那国島に着くと、「五、六百円の密輸出」だけにとどまらない、書いても書いても尽きないほど不思議な現実に遭遇することになった。

私は、恐らく、「調査情報」の教師たちによって、たったひとつの例で教えてもらったのだ。「五、六百円の密輸出」という、ぼんやりしていれば簡単に見過ごしてしまうようなことに鋭く反応する。それが「現場」に差し向ける「好奇心」の「角度」というものなのだと。


(11・5)

失われた古書店

私は以前、といってもかなり前、二十代から三十代にかけてのことになるが、大きな仕事が終わり、長い休日がとれると、安い航空券を買ってハワイに行くことが多かった。オアフ島で、ワイキキはアラワイ運河の近くにある、これまたとてつもなく安いアパートメント・ホテルの部屋を借り、ぼんやり過ごすのだ。

朝起きると、近くのコーヒー・ショップで簡単な朝食をとる。それからバスに乗ってハワイ大学に行き、風が吹き抜ける気持のいい図書館のベランダで本を読む。昼食は日本食もあるビュッフェ式の学生食堂で済ませ、また図書館で本を読む。時には椅子に座ったままウトウトすることもある。午後三時を過ぎると、ハワイ大学を出て、ふたたびバスに乗り、アラモアナ公園に向かう。そこにはワイキキほど混んでいない美しいビーチがあり、ゆったりと泳ぐことができる。日が落ちはじめた頃、海から上がって公園内のトイレにあるシャワーで簡単に砂を洗い流す。帰りには、公園の裏手にある大きなショッピングセンターに寄り、肉や野菜や果物や飲み物などの買い物をする。そして、バスでアラワイ運河沿いのアパートメント・ホテルの部屋に戻ると、夕食の準備を済ませる。たとえば、牛肉にニンニクをすり込み、サラダを作って冷蔵庫に入れておく。それが終わると、ビーチ・サンダルをランニング・シューズに履き替え、アラワイ運河の周囲を一時間ほどジョギングする。気持のいい汗をかいて部屋に戻ると、シャワーを浴び、ビールを飲みながら料理を作る。準備は済んでいるので、ものの十五分もかからず出来あがる。それをラナイ、つまりベランダにある小さなテーブルに運び、山の斜面に灯(とも)されはじめた民家の照明を眺めながら食べる。食後、食器類を洗ったあとで、まだ少し飲み足りないと思ったら、クヒオ通りにある酒場にハードリカーを一、二杯飲みに出る。

この「完璧(かんぺき)な休日」において、私がハワイ大学の図書館で主として読むのは、その開架書庫の棚にある本でもなければ、日本から持っていった本でもなかった。ホノルルにある二軒の古本屋で買う本だった。

私が頻繁にハワイに行っていた頃、アラモアナのショッピングセンターの裏手には日本の本を売る書店があった。書籍や雑誌は船便で来るため一カ月遅れになっているが、新刊の書店であることにはかわりない。しかし、その一角に古書コーナーとでもいうべきものがあり、古くなり過ぎてしまった本や旅行客から不用品として買い取ったらしい本を安く売っている棚があった。私はアラモアナに行くと、公園で泳がない日はその本屋に行き、古色蒼然(こしょくそうぜん)とした顔付きの本の表紙を一冊ずつ眺めながら時間をつぶすことがあった。

この店を「古本屋」と呼ぶのは適切ではないかもしれないが、私がハワイ大学の図書館で読んでいた本を買っていたもう一軒は「歴とした」古本屋だった。

あるとき、ホノルルのダウンタウンを散歩していて、そのはずれに小さな間口の古本屋があるのに気がついた。

それはのちにサンフランシスコやニューヨークで行くようになる古本屋と比べると恐ろしく汚いところだった。至るところに本の山が築かれ、なかなか奥に入っていけない。東京の神保町(じんぼうちょう)にある古本屋にたとえると、田村書店の一階部分をさらに乱雑にして、汚くしたような店内だった。帳場らしきところにいるのは長身の痩(や)せた男性で、ビートニク風のあごひげを蓄えていた。

そこに初めて足を踏み入れたとき、安物のペーパーバックの山の中に、ジョージ・プリンプトンの『ペーパー・ライオン』があるのに気がついた。

当時、私はノンフィクションの方法について日夜考えつづけていた。その中心にあった問題は「私」をどう扱えばよいのかということだった。「無自覚な一人称」から「自覚的な三人称」へ向かった私には、しかし「何かが足りない」と思えてならなかったのだ。

そうした中、アメリカで盛んに喧伝(けんでん)されるようになった「ニュージャーナリズム」に触れ、それを通して自分なりの方法を確立しようと模索していた。だが、日本に伝えられる「ニュージャーナリズム」に関する情報は常に断片的でしかなかった。ただ、その担(にな)い手として、頻繁に出てくる名前が三つあった。ハンター・トンプソンとゲイ・タリーズとジョージ・プリンプトンである。ハンター・トンプソンとゲイ・タリーズについては、わずかながら翻訳されたものによってその方法を垣間見ることができたが、ジョージ・プリンプトンだけはよくわからなかった。しかし、最も気になる書き手でもあった。

私はその古本屋でジョージ・プリンプトンの『ペーパー・ライオン』を何十セントかで買うと、ハワイ大学の図書館で読み耽(ふけ)った。やさしい英語ではなかったが、扱われているのがアメリカン・フットボールの世界ということで、なんとか最後まで読み通すことができた。そして、それによって、ノンフィクションにおける、ひとつの方法がくっきりとイメージできるようになった。一人称から三人称に向かっていた私は、ふたたび一人称に、それもさらに徹底した「自覚的な一人称」に向かおうと決意することになるのだ。もしかしたら、そのとき、その古本屋で『ペーパー・ライオン』に遭遇しなければ、私の『一瞬の夏』という作品は生まれなかったかもしれないとも思う。

だが、いつしかハワイで長い休日を過ごすということはなくなってしまった。いや、それだけでなく、アメリカのどこかの都市に降り立つたびに、古本屋はないかと探しまわるということもなくなってしまった。

そのことは、私がノンフィクションの方法というものにあまり強いこだわりを持たなくなったということと見合っているのかもしれない。いまの私は、新しい方法で新しいノンフィクションを書きたいというのとは、たぶんまったく異なる望みを持つようになっているのだ。

（11・12）

ささやかだけど甘やかな

娘がまだ幼かった頃、夜、寝かしつけるためによく「オハナシ」をした。

小さな布団(ふとん)に添い寝をするように横になると、娘が決まって言う。

「きょうはなんのオハナシしようか」

今日は何のオハナシをしてくれるのかと訊ねたいのだが、口がうまく回らないため
そのような言い方になってしまう。

「きょうはなんのオハナシしようか」

そう言われると、私はこう訊(き)き返す。

「なんのオハナシがいい？」

すると、娘が小さく叫ぶように言う。

「イチゴのオハナシ！」

あるいは、こう言う。

「ながぐつのオハナシ！」

それを聞いて、私は、そうか今日のおやつはイチゴだったのか、とか、雨の中を長靴でどこか出かけたのか、などと想像する。

そして、その次の瞬間、即席の「イチゴのオハナシ」や「ながぐつのオハナシ」を作って話しはじめるのだ。

これは一種の「瞬間芸」のようなものであり、ほとんど何も考えずに話しはじめる。だから、起承転結を持ったものばかりでなく、早く眠らせるために主人公に果てしなく同じことを繰り返させたり、意味もない言葉遊びで時間を潰すようなものもあった。起承転結があるものでも、「起」だけで娘が眠ってしまえばそこが終わりで、話しながらイメージが膨らんでいた「承」も「転」も「結」も話されないまま消えていくことになる。

そのようにして、いくつ、いい加減な「オハナシ」を作ったことだろう。やがて、娘のお気に入りの「オハナシ」というものができてきて、それをことあるごとにリクエストされるようになった。赤い長靴とライオンさんのオハナシ、オモチャが消えていくおうちのオハナシ、やさしいカミナリさんとワタアメのオハナシ……。

この四月から講談社を版元としてポツポツと出していくことになった児童書は、そのときの「オハナシ」そのものではないが、そのときの「記憶」がもとになっていることは確かなように思える。ささやかだけれど、私の人生の中で最も甘やかなものとなっている、遠い過去のひとつの「記憶」が。

（12・7）

司馬さんからの贈り物

もう十年近く前のことになるが、朝日新聞社から「週刊　街道をゆく」なるものが刊行された。司馬遼太郎の『街道をゆく』を、あらためてビジュアルに捉え返そうというのが企画の趣旨だったと思う。

その中に「少数民族の天地」という一巻があり、私に編集部から執筆の依頼があった。司馬遼太郎が『街道をゆく』で「中国・蜀と雲南のみち」として書いている雲南省の昆明と四川省の成都に行ってくれないかというのだ。

それまで、私は中国を旅したことがなかった。行く機会は何度もあったが、ビザが短期間しか下りなかったため、いつか自由に旅することができるようになるまで待とうと思っていたのだ。

その頃もまだ公式的には三カ月くらいしか下りないことになっていたが、六カ月までビザを延長してもらった人がいるという噂を耳にしたりもしていた。ついに中国を本格的に旅することが可能な時期がやって来たらしい。私は、香港から新疆ウイグル自治区のカシュガルまで、乗合バスで旅しようと考えていたが、その途中に昆明と成都を組み入れることはさして難しくない。

私は編集部の依頼を引き受け、中国への長い旅に出た。

香港から始めた旅がようやく昆明に差しかかった頃、友人でカメラマンの内藤利朗と待ち合わせをした。彼がその巻の写真を撮ることになっていたからだ。

翌日から司馬遼太郎が訪れたところを、編集部が頼んでおいてくれた通訳の方と三人で歩くことになった。

その中の一カ所に、少数民族のイ族の人たちが住む高橋村があった。

村の小径を歩いていると、一軒の家の中庭に、若い女性が佇んでいる。

「こんにちは」

私が中国語で話しかけると、女性も笑いながら応えてくれた。

「こんにちは」

そこから、通訳の方を介しての会話が始まり、私たちは信じられない歓待を受けることになっていった。

まず、カメラマンの内藤利朗のために、女性の娘である愛らしいお嬢ちゃんが民族衣装を着てくれ、さらにはいとこの男の子も民族衣装を着てくれ、最後にはその女性と男の子のお母さんまでもが民族衣装に着替えてくれた。

そして、その大撮影大会を眺めていた男の子の祖父にあたる老人が、一緒に食事はいかがですかと私たちを誘ってくれたのだ。

私たちが村のあちこちを眺めているあいだに、一族の女性総出で食事の用意をしてくれ、涼やかな中庭での大食事会が始まった。

出されたのは、酒のつまみとしては茹でたピーナッツ、料理としては朝に畑でとれたという野菜を中心にしたいくつもの大皿、それにソバの実で作った蒸しパンなど。そのどれもがおいしかったというだけでなく、一緒にテーブルを囲んだイ族の人たちのやさしい心根には、漢族の人にはない近しい暖かみを感じたものだった。

驚いたのは、私たちを歓待してくれた理由とは、たったひとつ「自分の家の前で足を止めたから」だという。「家の前で足を止めた人を家の中に招き入れるのは当然のこと」というのだ。

その高橋村での一日は、長い中国の旅の中でも、まばゆいくらいの輝きに満ちていた。それは、司馬遼太郎の『街道をゆく』に導かれなければ決して経験することのできない一日でもあった。

このたび『キャパの十字架』で司馬遼太郎賞を受賞し、その贈賞式では正賞の時計だけでなく賞金までいただけるという。しかし、私は十年近く前に、司馬さんからそれ以上の贈り物をすでに受け取っていたのだ。

（14・1）

キャラヴァンは進む

あるとき、年長の作家にこんなことを訊ねられた。

「もし家に本があふれて困ってしまい処分せざるを得ないことになったとしたら、すでに読んでしまった本と、いつか読もうと思って買ったままになっている本と、どちらを残す？」

当時、まだかなり若かった私は、質問の意味がよくわからないまま、考えるまでもないという調子で答えた。

「当然、まだ読んだことのない本だと思いますけど」

すると、その作家は言った。

「それはまだ君が若いからだと思う。僕くらいになってくると、読んだことのない本は必要なくなってくるんだ」

そして、こう付け加えた。

「でも、君たちにとっても、実は大事なのは読んだ本なんだと思うよ」

「そういうもんでしょうか」

私はそう応じながら、内心、自分は読んでもいない本を処分することなど絶対にできないと思っていた。

だが、齢をとるに従って、あの年長の作家の言っていたことがよくわかるようになってきた。そうなのだ、大事なのは読んだことのない本ではなく、読んだ本なのだ、と。

文章を書いていて、あの一節をここに引用してみたらどうだろうと思いついたりするのは、当然ながらかつて読んだものの中にしかないということもある。読んだことのない本から引用することはできない。しかし、そうした実際的な理由ばかりでなく、暇な時間に、ふと読みたくなるのが、新しい本より、かつて親しんだ作家の何度も読んだことのある本だということが多くなってくるのだ。

先日も、書棚の前に立って本の背表紙を眺めているうちに、なんとなく抜き出して手に取っていたのは、邦訳が出て四十年にもなろうかというトルーマン・カポーティの『犬は吠える』だった。

トルーマン・カポーティと言えば、ノンフィクション・ノヴェルという言葉を広く伝播させることになった『冷血』であり、オードリー・ヘップバーンが主演した映画の原作として有名な『ティファニーで朝食を』ということになるのだろうが、私にとってはこの『犬は吠える』というエッセイ集の方が馴染み深い。訳者が家の近くに住んでいる知り合いの小田島雄志さんだということもあるが、まさにアメリカ版の宣伝文句にあるように「本書は一気に読むべきものではなく、ときどき手にしては、ブランデーを飲みシガーをくゆらせながら食後の会話のように味わうべきものである」というところがあり、私もときどき書棚から抜き出しては一、二編の文章を読むということを何十年も繰り返しているのだ。

しかし、この『犬は吠える』において、私が一番気に入っているのは、中身より、そのタイトルかもしれない。

犬は吠える

変わったタイトルだが、力強いタイトルでもある。

そのときも、私が書棚から『犬は吠える』を抜き出して手に取ったのは、タイトルの由来が記されている箇所が曖昧になってしまったからだった。あれはエピグラフにあったのだろうか、それとも訳者の「あとがき」の中に書かれていたのだろうか。

ページを繰ってみると、確かにエピグラフにこうあった。


犬は吠える、がキャラヴァンは進む――アラブの諺

ところが、エピグラフだけでなく、カポーティ自身の「序文」にもさらに詳しい由来が記されていた。

カポーティがまだ二十代の半ばだった頃、イタリアのシチリア島に滞在していたことがあり、同じシチリア島に滞在していたフランスの老作家アンドレ・ジッドと親しくなった。

ある日、二人で護岸に腰を下ろし、海を見ていると、郵便配達夫がカポーティにアメリカからの手紙を渡してくれる。そこには悪意に満ちた批評文が同封されている。思わず、カポーティが愚痴をこぼすと、老ジッドはこう言ったという。

「ま、いいじゃないか。アラブにこういう諺がある、覚えておくんだな。《犬は吠える、がキャラヴァンは進む》」

それを受けて、カポーティはこう書いている。

私はよくこのことばを思い出した――ときにはおめでたいばかりにロマンティックに、自分を遊星のようなさすらい人として、サハラ砂漠の旅人として夢想しながら。

読者である私も、ときどきこの言葉を舌の上に転がすことがある。誰でも犬の吠え声は気になる。しかし、キャラヴァンは進むのだ。いや、進まなくてはならないのだ。恐ろしいのは、犬の吠え声ばかり気にしていると、前に進めなくなってしまうことだ。

犬は吠える、がキャラヴァンは進む……。

たぶん、私は、その言葉の励ましを受けるために、すでに何度も読んでいるにもかかわらず、書棚の真ん中に『犬は吠える』を置いてあるのだろう。大事なのは読んだ本だ、などと特に意識もしないまま。

（15・1）

「夏」から「春」へ

一九八〇年、朝日新聞の夕刊に『一瞬の夏』を連載した。それから三十五年後の二〇一五年、今度は朝刊に『春に散る』を連載することになった。

どちらも舞台はボクシングの世界である。違うのは、『一瞬の夏』がノンフィクションであるのに対し、『春に散る』がフィクションだったということだ。

私が三十代の初めに書いた『一瞬の夏』は、友人のボクサーであるカシアス内藤の「長いブランクのあとカムバックし、世界チャンピオンを目指す」という戦いに同伴した一年の日々を描いたものだった。それはまた、そこにエディ・タウンゼントという老トレーナーと、内藤利朗という若いカメラマンが加わり、いわば四人がひとつの「チーム」となって世界タイトルという夢に向かって突き進んでいった一年でもあった。その夢は、一歩手前の東洋タイトル戦で、カシアス内藤が韓国の若いボクサーにノックアウトで敗れることで潰えてしまった。だが、私はすべてが終わったあとで、その一年を克明に描いてみたいと思ったのだ。

一方、六十代も半ばを過ぎて書くことになった『春に散る』は、アメリカに永く住んでいた元ボクサーが日本に帰り、かつての友人たちと再会し、偶然のことから遭遇したひとりの若者に、自分たちが果たせなかった夢を託そうとして過ごす一年を描こうとしたものである。

本来、今回の新聞連載には、京都を舞台にした若い僧侶が主人公の小説を書こうと考えていた。そのため、事前の取材だけでなく、連載開始前の一年間は京都へ移り住んでみようということを含めて、いくつかの準備もしていた。

だが、実際に連載開始の一年前になり、そろそろ京都に移り住んで執筆を開始しようとしたとき、不意に、自分と同じ年代の主人公を描きたいという強い欲求が生まれてきてしまった。

それは「私」を描きたいというのとは別種の思いだった。むしろ、私とは異なる存在、異なる在り方をしている人物を描きたくなったのだ。しかし、私と同じ年代である以上、置かれている状況や残されている未来に共通点がないことはないはずだ。それぞれが、それぞれに、さまざまな困難を抱えて生きている。私たちに近い年代の男を主人公にした小説となると、どこか戯画的に、あるいは否定的に描かれることが少なくない。そこをあえて正面から肯定的に描いてみたい……。

そのとき、ひとつの情景が浮かんできた。

数年前、フロリダのタンパで、モハメッド・アリのトレーナーとして有名なアンジェロ・ダンディーの葬儀に出席した。私はダンディーさんと何度かお会いしているが、日本から葬儀に駆けつけるというほど親しくはなかった。しかし、アメリカ在住の友人から、葬儀に来ないかと誘われたとき、ダンディーさんをアメリカにおける父親のように慕っていた彼の、その喪失感の深さを思って行くことにしたのだ。

アリも出席しての葬儀が終わり、私は友人の運転する車で、マイアミに足を延ばした。マイアミは、若きアリがダンディーさんと共に、絶対の王者と目されていたソニー・リストンを打ち破るべく、激しいトレーニングを重ねた土地でもあった。

私たちはダンディーさんの最後のジムを訪れると、さらにルート1を南下して、アメリカの最南端であるキーウェストを目指した。かつて、ヘミングウェイが住んでいたというそのキーウェストには、私も友人もまだ一度も訪れたことがなかったからだ。

そのルート1の最後の百数十キロは、岩礁(がんしょう)やサンゴ礁を橋で一直線につないだもので、右も左も、紺碧(こんぺき)の海が延々と続くという驚くべき道だった。

どこまでも続くと思われるようなその一本道を走る車に乗りながら、私は友人の話を聞いていた。

私よりいくらか年長のその友人は、永くロサンゼルスに住んでおり、いまは仕事に成功して金銭的に困らない暮らしをしているが、かつてはさまざまな理由で経済的に苦しい時代を送っていた。

そのような苦難の時代に、アメリカで会った私が、別れるときに使い残しのドルを置いていくということが何度かあり、友人はそれを永く恩に着つづけてくれていた。おかげで、最近は私がロサンゼルスを訪れる際にさまざまな便宜を図ってくれるばかりでなく、カシアス内藤の息子でボクサーになった律樹にまで、彼がアメリカでの武者修行に訪れるたびに多くの手助けをしてくれている。

ルート1を走りながら、その友人が、先頃、ハートアタック、心臓発作で倒れたという話をしはじめた。ひとりで自分のオフィスにいたため、危うく命を落とすところだったが、隣のオフィスの人に助けられたのだという。

紺碧の海を見ながらその話を聞いていた私の頭に、あるストーリーが浮かんできた。

ハートアタックを経験したひとりの日本人男性が、永いアメリカ暮らしの果てに、日本に帰ることになる……。

自分と同じ年代の主人公を描いてみたいと思いはじめたとき、そのときの情景が呼び起こされ、そのとき頭に浮かんだストーリーが強い力を持って迫ってきた。ハートアタックについて話してくれた友人が年長だったということもあって、最初は主人公を自分よりかなり年齢的に上の人物としてイメージしていたが、それを自分と同じ年代の男にしてみたらどうなるか。

考えはじめると、みるみる主人公が生き生きと動き出した。始まりはアメリカのルート1、終わりは日本の桜並木。そこに至る春から春までの一年を描く。

それからの二年半は、その二つの道のあいだを主人公に歩かせることが日々の作業のすべてになった。他の仕事はほとんどしなかったから、この二年半は、ただそのことだけに集中するという生活が続いた。いや、連載が終わって、単行本化するにあたって、百五十枚あまりを加筆する半年があったので、実質的には丸三年がかかったことになる。

ひとつの作品の世界に浸り切りながら三年を過ごす。それは、ある意味で、生涯にそう何度も訪れることのない贅沢(ぜいたく)な日々だったと言えるかもしれない。

三十五年前の『一瞬の夏』は私たち四人の「夏から夏まで」の一年だった。一方、この『春に散る』は元ボクサーだった主人公とその友人たち三人との、やはり四人の「春から春まで」の一年を描くものになった。

「夏」から「春」へ。

そこに至るこの三十五年にはさまざまなことがあった。まずエディ・タウンゼントさんが直腸のガンで亡くなった。やがてカシアス内藤が咽頭ガンのステージ4を宣告されたことから、彼のためのジムをどうしても早く作ろうと奔走し、内藤利朗の協力も得て、なんとか横浜にジムを作ることができた。しかし、残された三人のうち最も若かった内藤利朗が肺ガンで死に、そのジムで育ったカシアス内藤の息子の律樹が日本チャンピオンになる試合を見ることはできなかった……。

だが、その三十五年という歳月を振り返ると、いま、まさにほんの一瞬のことのように思っている自分がいることに気がつく。

「夏」から「春」へ。

「春」から……。

そう、これから私の季節がどのように移り変わることになろうと、たぶんそれもまた一瞬のことであるのだろう。

（17・1）

母港として

　ジャーナリズム上で文章を書いている者には、そのときそのときで深く関わることになる特別の雑誌というものがある。

　私の場合、二十代のときはＴＢＳの放送雑誌である「調査情報」だったし、三十代のときは集英社の月刊「ＰＬＡＹＢＯＹ〈プレイボーイ〉」と文藝春秋の「Ｎｕｍｂｅｒ〈ナンバー〉」であり、四十代に入ってからはスイッチパブリッシングの「ＳＷＩＴＣＨ〈スイッチ〉」と「Ｃｏｙｏｔｅ〈コヨーテ〉」ということになる。そして、それぞれの雑誌の編集者たちと議論をし、酒を飲み、旅をしながら多くの仕事をするようになった。

　とりわけ「調査情報」と月刊「ＰＬＡＹＢＯＹ」の編集者たちとは、そこにこそライターとしての私の「青春」があったのではないかと思えるほど濃密な時間を過ごすことになった。

しかし、そうした濃密な関わりこそ持たなかったものの、私がジャーナリズムの広大な海にひとりで漕ぎ出していったとき以来、常に自分にとっての重要な仕事をさせてもらいつづけてきた雑誌に「文藝春秋」がある。

その最初のものは、美濃部亮吉と石原慎太郎とのあいだで繰り広げられた都知事選のレポート「シジフォスの四十日」だった。それは、編集部によって「美濃部と石原が燃えた日」という散文的なタイトルをつけられて発表されたが、二十代の私にとっての、初めての大きな仕事だった。

石原夫人の典子さんが暖かく迎え入れてくださったおかげで、その選挙戦を石原陣営の内部から深く描くことができた。

そのときの石原さんは四十二歳ととても若かった。

「美濃部さんのように、前頭葉が退化した六十、七十の老人に政治を任せる時代は終わったんじゃないですか」

選挙カーの上からそう批判していた石原さんは、その戦いには敗れたものの、六十六歳でふたたび都知事選に出馬して当選すると、当時の美濃部亮吉よりはるかに「前頭葉が退化」しているはずの八十歳まで都知事の椅子に座りつづけた。

その「シジフォスの四十日」以後も、私は「文藝春秋」誌上で、やがて『オリンピア』という作品のもとになる「ナチス・オリンピック」、池田勇人をはじめとする三人のルーザー〈敗者〉を描いた「危機の宰相」、山口二矢による浅沼稲次郎刺殺事件を描いた「テロルの決算」、アマゾンで私の乗ったセスナ機が墜落した事故の顚末を描いた「墜落記」と、四百字詰め原稿用紙で百枚から二百枚に達しようかという長編ノンフィクションをいくつも書かせてもらうことになった。

近年では、伝説的なカメラマンともいうべきロバート・キャパの写真をめぐっての連載をしている。世界各地に点在するキャパの写真の舞台を訪れ、同じアングルでその舞台の現在を撮るという旅をしたのだ。足掛け四年に及んだその連載は、やがて『キャパへの追走』という本にまとめられることになるが、それだけでは終わらず、そこから「スピンオフ」するようなかたちで「キャパの十字架」が生まれることになった。キャパの最も有名な作品である「崩れ落ちる兵士」の謎を追ったその「キャパの十字架」は、実に三百枚を超える常識はずれの長さであるにもかかわらず、「文藝春秋」編集部は一挙に掲載してくれた。

その意味で、私にとって「文藝春秋」は、さまざまな寄港地に出かけてはまた戻ってくることのできる母港のような存在だったかもしれない。

ノンフィクションというジャンルの衰退が声高に語られ、長い作品を載せる雑誌が次々と姿を消しているいま、雑誌というものの運命を体現しているかに見える「文藝春秋」が、雑なるものの重要な構成要素のひとつであるノンフィクションを、いつまで、どのようなかたちで載せつづけることができるのか。期待より不安の方が大きいが、できることならこれから先も、長く私にとっての母港でありつづけてほしいと願っている。

（18・1）

彼の言葉

海を渡る飛行機に乗り込み、ようやく離陸して水平飛行に移ると、たいていは食事が供されることになる。客室乗務員にまずはアルコール類を含めた飲み物をどうするかが訊ねられ、選んだものを飲んでいると、それぞれの座席のクラスに応じたメニューの食べ物がテーブルの前に並べられる。

その食事が終わり、あとは何をしてもいいという自由な時間になると、いつもある人の言葉を思い出す。

それは私が四十代の頃の話だが、雑誌で映画評論家の淀川長治（よどがわながはる）さんと対談したことがあった。

その雑誌の編集者によれば、淀川さんが対談相手として私を指名したのだという。

一度はとうてい淀川さんの対談の相手はつとまらないからと断ったのだが、編集者に淀川さんが強く望んでいるからと粘られてしまった。そこで、対談の「相手」はつとまりそうもないが、話の「聞き役」ならばと引き受けることにした。

しかし、実際は、淀川さんは私のことをほとんど何も知らなかった。知っていることはただひとつ、「暮しの手帖」で映画評を書いている人、ということだけだったと思う。事実、そのころ淀川さんが暮らしていた全日空ホテル内にある中華料理屋で初めて顔を合わせると、「まあ、こんな子だったの！」と驚きの声を上げられてしまったくらいだった。四十男をつかまえて「こんな子」もないものだと思うが、蓮實重彦のような、髭を生やした、重厚な顔つきの男が現れるかもしれないと思っていたのだという。

その夜は、私が予想したとおり淀川さんの「ワンマンショー」になったが、いくつも印象深いことがあり、また心に深く残る言葉を聞くことができる楽しい夜になった。

そして、私が飛行機内で自由な時間が始まるといつも思い出す言葉とは、その折に淀川さんがなにげなく呟いたものなのだ。

たぶん、対談の流れの中で、『プリティ・ウーマン』の話を私がしたのだと思う。

――ワシントンへ向かう飛行機の中で、いつもはあまり見ない機内上映の映画を見た。そのとき、最初は本を読んでいたのだが、前方のスクリーンに『マグノリアの花たち』に出ていた顔の造りの大きな若い女優が出ており、少し気になって無音の映像を眺めているうちに、いつの間にか本気で見つづけることになってしまった。それくらい、『プリティ・ウーマン』のジュリア・ロバーツは印象的だった……。

そんなことを話すと、淀川さんがこう言った。

「まあ、もったいないのねえ」

「えっ？」

私は訊き返した。すると、淀川さんはさらにこう言った。

「せっかく映画をやっているというのに見ないなんて」

つまり、淀川さんの言葉は、私がふだんは飛行機の中であまり映画を見ることはない、と言ったことに反応してのものだったのだ。

飛行機の中というのは、集中して本を読んだり、仕事の構想を練ったりするのに都合のよい空間だと思っている。そのため、私は映画が上映されていてもあまり見ることがなかった。しかし、淀川さんにとっては、そこに映画が上映されているというのに、無視できるというのが信じられないことだったのだろう。

「そういう人がいると殺したくなるの」

淀川さんは笑いながらそんなことも言った。当時の飛行機は、まだ自分の席の前に専用のモニターがあるわけではなく、食事が終わったあとの時間になると、前方に乗客の全員が見えるような大きさのスクリーンが出てきて映画が上映されるということになっていた。そのため、映画が始まるとキャビン内が暗くなるのだが、それにもかかわらずひとりだけ読書灯をつけて本などを読まれると、その光がうるさくて映画が見にくくなるということらしかった。

それ以来、飛行機の中で映画が始まると、そのときの淀川さんの言葉が、あの独特の口調と共に甦（よみがえ）ってくるようになった。そして、一瞬、どうしようかと迷うようになったのだ。

そして、あるときから、淀川さんの意見に「全面降伏」して、飛行機の中では映画を見る、と決めるようになった。

それには、こんな経験をしたからでもあった。

ある日、私はラスヴェガスでの用事を済ませ、サンフランシスコ経由で日本に向かっていた。食事の時間が終わり、窓のブラインドが降ろされ、暗くなった機内で映画が始まった。

川端康成（やすなり）の『雪国』を読み直していた私は、読書灯をつけて本を読みつづけていたが、その耳元に、また、淀川さんの言葉が甦ってきた。しかし、一本目の映画として上映されたのは、ＳＦホラー・アドヴェンチャーと銘打たれた『ハムナプトラ』である。日本で上映されたときも見送った作品だ。

――これはパス。

そう決めた瞬間、淀川さんだったらこのような作品でもパスなどしないだろうなと思ったが、決定を覆（くつがえ）すまでには至らなかった。

続いて、二本目の映画が上映されることになった。タイトルは『オクトーバー・スカイ』。日本では未公開の作品のようだった。機内誌に載っている紹介記事の写真を見ると、冴（さ）えない四人組の少年が映っている。これではまるで『スタンド・バイ・ミー』のできそこないの映画のようではないか。私は『雪国』を読みつづけようと思い、視線を本に落としたが、再び、そして今度はさらに大きく、淀川さんのあの言葉が甦ってきた。

「まあ、もったいないのねえ」

私はひとり苦笑し、「仕方なく」本を閉じた。

ところが、その『オクトーバー・スカイ』をなかば義務的に見ているうちに、ぐんぐん惹きつけられていくのを感じた。

それは、ソ連の人工衛星スプートニクの成功に触発されて、手製のロケットを打ち上げようとするアメリカのハイスクールの少年たちの物語だった。オーソドックスな学園物語に父と子の問題が絡ませてある。冴えない少年たちのリアリティーと、ひとりの少年の父親を演じているクリス・クーパーの存在感とがあいまって、『オクトーバー・スカイ』は信じられないほど面白い作品に仕上がっていた。

見終わって、私はあらためて淀川さんに感謝したくなった。淀川さんのあの言葉に従っていなかったら、邦題に『遠い空の向こうに』と名づけられることになるこの『オクトーバー・スカイ』を、たぶん一生見ることはなかっただろうと思ったからである。

それ以後、飛行機の中では、上映される映画がどんなものであれ必ず見るようになった。やがて、機内のエンターテインメントは、前方のスクリーンで全員が同時に見るというシステムではなくなり、自分の席で読書灯をつけて本を読みつづけるのもかなり自由になったが、食事が終わって何をしてもよいという時間になると、やはり淀川さんの言葉が甦ってきて、映画のヴィデオを見つづけることになった。

だが最近、飛行機に乗ると、淀川さんに対談の席で言われた、もうひとつの言葉を思い出すようになった。

淀川さんは、その対談の席で、こちらが恥ずかしくなるほど、私の書いた映画評の文章をほめてくれた。そこには、半分くらいは年若い私へのからかいの気持もあったような気もするが、残りの半分は本気だったように思える。

映画評を書くことを生業としているような人ではなく、あなたのような人が映画評を書いているということに意義がある。小さいころに映画の面白さを知り、そこから出発して清潔な映画評を書いている。それがとても大事なことなのだと。

そして、淀川さんはこう言われたのだ。

「映画を見捨てないでくださいね、ほんとうですよ」

最初にそう言われたときは、冗談を言っているのだと思い、ただ笑っていた。私が見捨てようと見捨てまいと映画の世界にとってはどうでもいいことであり、それは淀川さん一流のからかいを含んだ大袈裟な物言いのように思えたのだ。しかし、淀川さんはその対談のあいだ中、何度となくその言葉を口にした。

そしてまた、淀川さんは「朝日新聞の人から誰かいい書き手がいないかと相談されて、勝手にあなたの名前を出してしまったけど、そのときはよろしくお願いするわね」とも言った。

やがて、私は朝日新聞で月に一回の映画評を書くようになる。しかし、実際に連載が始まったのは、淀川さんとの対談から何年も経ってのことだったので、依頼されたことに直接の因果関係はなかったのかもしれない。

だが、いずれにしても、朝日新聞におけるその映画評の連載が、「銀の森から」と「銀の街へ」と題されて十五年も続くことになった。

ところが、二〇一五年から一六年にかけて、朝日新聞紙上で『春に散る』という新聞小説を連載するため、映画評の連載を一時中断することになった。日本の新聞や雑誌には、同じ紙誌面にひとりの人が二つ同時に連載することを避けるという不文律のようなものがある。形式的には、それに従ったことになるが、実際問題として、その二つの連載を並行して続けるのは、私にとってはかなりきついことだったのだ。

しかし、その新聞小説の連載が終わってすでに一年以上が過ぎているが、まだ映画評の連載を再開していない。

担当をしてくれている朝日新聞の石飛氏からは、再開に向けての柔らかな打診があるが、私は依然として躊躇したままだ。

いま取り掛かっている新たな長編作品を前にして悪戦を続けていると、つい再開するのをためらってしまう。

専門の映画評論家なら、一カ月に一本の映画評を書くことくらい大したことはないかもしれない。しかし、私には、数ある新作映画の洪水の中からその一本を見つけ出し、決まった行数の文章に仕上げるというのがとてつもなく大変なことであり、それを考えると怯(ひる)んでしまうのだ。

だが、飛行機に乗って、さてどんな映画を見ようかとヴィデオのプログラム表を眺めていたりすると、ふと、映画の伝道師のようだった淀川さんの言葉が思い出されて、胸を刺す。

「映画を見捨てないでくださいね、ほんとうですよ」

もし淀川さんが生きていらして、いまの私を見れば、映画の世界から離れかかっていると思われるかもしれない。私が映画を「見捨てる」というほどではないにしても、私が映画に「見捨てられている」と見えるかもしれないのだ。

自分にはまだ、新しい映画を見て、語りたいという情熱が残っているのだろうか？いや、私にはまだ、新しい映画を見て反応することのできる内実があるのだろうか？

このままさらに映画から遠ざかってしまうのか。あるいは、勇を鼓してふたたび映画に向かっていくのか。

わからない。
私には、わからない、のだ。
もっとも、私をよく知る友人によれば、単なる怠惰の虫を飼っているだけのことさ、
ということになるのだが。

（18・3）

永遠のヴァガボンド　文庫版のあとがきとして

　数年前、私が二十五年分のエッセイをまとめた『銀河を渡る』という本を出すことになったとき、編集者から装幀にどのような絵を用いたらいいだろうとの相談を受けた。

　そのとき、ほとんど反射的に思い浮かべた絵があった。

　異邦に渡り、異邦で死んだ画家の藤田嗣治(つぐはる)に、「小さな職人たち」と総称される一群の絵がある。主として十五センチ四方くらいの板に描かれた、子供たちを主役にした小さな絵である。

　それが「小さな職人たち」と呼ばれているのは、その多くに、煙突掃除夫、ガラス職人、自転車乗り、風船売りなどといった職人や芸人や商売人に扮(ふん)した子供たちが描かれているからである。

　中でも有名なのが、アルベール・フルニエの『しがない職業と少ない稼ぎ』という短編小説集に挿画として挿入されることになった二十点である。

だが、印刷工、辻音楽師、古着屋などに扮した子供たちの中に、一枚だけ、職業とは思えない姿の少年が描かれたものがある。

絵の上部には「ヴァガボンド」、「放浪者」と記されている。

放浪がひとつの職業として存在しているのかはさておき、みすぼらしい服を着た、こましゃくれた顔つきの少年が、右手にワインの瓶を握り、バゲットを左手で持っている。まさにヴァガボンド、放浪者そのものだ。

私は、あるとき美術館でその一枚を見てからというもの、心から離れなくなっていた。そこに描かれている少年が、幼い頃の私と通じるものがあるような気がしてならなかったのだ。それは、少年の左手にあるバゲットが、パンというより、なんとなくチャンバラゴッコに使う刀のように見えてしまったからかもしれない。幼い私もこんな刀をベルトに差して、チャンバラゴッコに励んでいたものだった。

それだけではない。

藤田嗣治に描かれた「ヴァガボンド」の少年は、どこか寂しげな眼で遠くを見ている。幼い頃の私も、常にここではないどこかに行くことを夢見ていた。別に、家庭にも、学校にも不満はなかったはずなのに、未知の土地に行き、異なる環境の中で、まった新しい生活を始めたいと夢想することがよくあったのだ。しかし、私はついに「ヴァガボンド」になることはなかった。

放浪とは何か。

辞書によれば、あてもなくさまよい歩くこと、とある。

ここで、「あてもなく」というとき、そこには二重の意味が含まれているように思われる。

ひとつは「目的も持たず」ということであり、もうひとつは「目的地も定めず」ということである。

さらに、もうひとつ付け加えるべきことがあるとすれば、放浪者には、目的とする土地、行くべき土地が定まっていないだけでなく、帰るべき土地も存在しないということがあるような気がする。もし帰るべき土地、たとえば故郷のようなものがあるとすれば、それは単なる長い旅になるだろうからだ。

このことを踏まえて、私があらためて定義し直すとすれば、放浪とは、帰るべき地のない者が、目的を持たず、目的地も定めず、長い期間にわたって移動に移動を重ねること、となる。

もしそうだとするなら、私は放浪をしたことがないと言わざるを得ない。

二十代の半ばの頃、長い旅をしたことはある。期間も一年余と長く、距離も地球一周分くらいという長さだった。確かに「長い期間にわたって移動に移動を重ねる」旅だった。

しかし、そこには、曲がりなりにも、インドからイギリスまで乗合バスで移動する、という目的があった。そして、その最終地点としてのロンドンという目的地もあった。だから、あくまでも旅であって、放浪ではなかったということになる。

それでも、ただ一度だけ、その旅が放浪になりかかるときがあった。

あれはスペインのマラガにいるときだった。

海峡をはさんで、すぐ向かいにアフリカ大陸が広がっていると知ったとき、このまま海を渡ってモロッコに行ってしまおうかと迷ったことがあった。

モロッコにはマラケシュがある。

旅の途中ですれ違うヒッピーたちから、マラケシュがいかにすばらしいかを吹き込まれつづけていた私は、その地に強い憧れに似たものを抱くようになっていた。マラケシュだけでなく、そこからさらにアフリカ大陸の奥深くに入っていけば、まったく新しい世界に遭遇できるにちがいないとも思えた。

私の気持は逸ったが、そこで踏みとどまった。もし行ってしまえば、乗合バスでイギリスまでという目的も、ロンドンという目的地も失ってしまうだろう。いや、それだけでなく、帰るべき地としての日本、東京も失ってしまうかもしれない。

旅が放浪に変わってしまう。

言葉としてそうはっきり意識したわけではなかったが、私はそれを本能的に恐れたのだと思う。そしてついに、マラガから海を渡ることなく、パリに向かったのだ。ロンドンに行くために。

確かにこれまで私は放浪をしてこなかった。ただ、私は常に移動を繰り返してきたとは言える。ここではないどこかを求めて、というほどの初々しさはなくなっていたとしても、ここと異なるどこかへ行きたい、という強い思いが消え失せたことはなかった。それが私に繰り返し繰り返し海を渡らせた。

ここと異なるどこかへの旅をしても、やはりしばらくすればここに戻ってくる。だが、それは、ここが離れがたい宿命の土地と感じられているからではなかったと思う。どこかに行き、ここに戻ってくるたびに、ほっとするということはある。しかし、同時に、ここが、他のどこかとほとんど等価になっていくような感覚が生まれてくるのを覚えつづけてもいたのだ。ここが常に帰るべき場所というのではなく、単に出発すべき場所として存在するようになったということでもある。

もしかしたら、そこから放浪へは、一歩の距離しかないのかもしれない。

日本からフランスに渡り、移動に移動を重ねて世界を旅した藤田嗣治は、やがて日本に戻ってくる。

しかし、戦後、ふたたび日本を出ると、二度と日本に戻ってくることはなかった。

藤田嗣治が描いた「ヴァガボンド」の少年は、あれからどこに行ったのだろう。銀河を渡り、永遠のヴァガボンドになったのだろうか……。

沢木耕太郎

この作品は、二〇一八年九月新潮社より刊行された『銀河を渡る』を文庫化するに際して新たに編集し、二分冊にしたもののうちの一冊です。

沢木耕太郎著
深夜特急（1〜6）

地球の大きさを体感したい——。26歳の〈私〉のユーラシア放浪の旅がいま始まる！「永遠の旅のバイブル」待望の増補新版。

沢木耕太郎著
人の砂漠

一体のミイラと英語まじりのノートを残して餓死した老女を探る「おばあさんが死んだ」等、社会の片隅に生きる人々をみつめたルポ。

沢木耕太郎著
一瞬の夏（上・下）

新田次郎文学賞受賞

悲運の天才ボクサー、カシアス内藤。その再起に自らの人生を賭けた男たちのドラマを〝私ノンフィクション〟の手法で描いた異色作。

沢木耕太郎著
バーボン・ストリート

講談社エッセイ賞受賞

ニュージャーナリズムの旗手が、バーボングラスを傾けながら贈るスポーツ、贅沢、賭け事、映画などについての珠玉のエッセイ15編。

沢木耕太郎著
チェーン・スモーキング

古書店で、公衆電話で、深夜のタクシーで——同時代人の息遣いを伝えるエピソードの連鎖が、極上の短篇小説を思わせるエッセイ15篇。

沢木耕太郎著
彼らの流儀

男が砂漠に見たものは。大晦日の夜、女が迷ったのは……。彼と彼女たちの「生」全体を映し出す、一瞬の輝きを感知した33の物語。

沢木耕太郎著
檀

愛人との暮しを綴って逝った「火宅の人」檀一雄。その夫人への一年余に及ぶ取材が紡ぎ出す「作家の妻」30年の愛の痛みと真実。

沢木耕太郎著
凍
講談社ノンフィクション賞受賞

「最強のクライマー」山野井が夫妻で挑んだ魔の高峰は、絶望的選択を強いた――奇跡の登山行と人間の絆を描く、圧巻の感動作。

沢木耕太郎著
あなたがいる場所

イジメ。愛娘の事故。不幸の手紙――立ち尽くすほかない生が、ふと動き出す瞬間を生き生きと描く九つの物語（ナイン・ストーリーズ）。著者初の短編小説集。

沢木耕太郎著
ポーカー・フェース

これぞエッセイ、知らぬ間に意外な場所へと運ばれる語りの芳醇に酔う13篇。鮨屋の大将の教え、酒場の粋からバカラの華まで――。

沢木耕太郎著
246

もしかしたら、『深夜特急』はかなりいい本になるかもしれない……。あの名作を完成させた一九八六年の日々を綴った日記エッセイ。

沢木耕太郎著
流星ひとつ

28歳にして歌を捨てる決意をした歌姫・藤圭子。火酒のように澄み、烈しくも美しいその精神に肉薄した、異形のノンフィクション。

沢木耕太郎著

波の音が消えるまで

―第1部 風浪編／第2部 雷鳴編／第3部 銀河編―

漂うようにマカオにたどり着いた青年が出会ったバカラ。「その必勝法をこの手にしたい」――。著者渾身のエンターテイメント小説！

沢木耕太郎著

作家との遭遇

書物の森で、酒場の喧騒で――。沢木耕太郎が出会った「生まれながらの作家」たち19人の素顔と作品に迫った、緊張感あふれる作家論。

沢木耕太郎著

オリンピア1936 ナチスの森で

ナチスが威信をかけて演出した異形の1936年ベルリン大会。そのキーマンたちによる貴重な証言で実像に迫ったノンフィクション。

沢木耕太郎著

旅する力

―深夜特急ノート―

バックパッカーのバイブル『深夜特急』誕生前夜、若き著者を旅へ駆り立てたのは。16年を経て語られる意外な物語、〈旅〉論の集大成。

沢木耕太郎著

旅のつばくろ

今が、時だ――。世界を旅してきた沢木耕太郎が、16歳でのはじめての旅をなぞり、歩き、味わって綴った初の国内旅エッセイ。

深田久弥著

日本百名山

読売文学賞受賞

旧い歴史をもち、文学に謳われ、独自の風格をそなえた名峰百座。そのすべての山頂を窮めた著者が、山々の特徴と美しさを語る名著。

竹山道雄著

ビルマの竪琴

毎日出版文化賞・芸術選奨受賞

ビルマの戦線で捕虜になっていた日本兵たちが帰国する日、僧衣に身を包んだ水島上等兵の鳴らす竪琴が……大きな感動を呼んだ名作。

田辺聖子著

文車日記

古典の中から、著者が長年いつくしんできた作品の数々を、わかりやすく紹介し、そこに展開された人々のドラマを語るエッセイ集。

田辺聖子著

朝ごはんぬき？

三十一歳、独身ＯＬ。年下の男に失恋して退職、人気女性作家の秘書に。そこでアラサー女子が巻き込まれるユニークな人間模様。

田辺聖子著

孤独な夜のココア

心の奥にそっとしまわれた甘苦い恋の記憶を、柔らかに描いた12篇。時を超えて読み継がれる、恋のエッセンスが詰まった珠玉の作品集。

田辺聖子著

新源氏物語（上・中・下）

平安の宮廷で華麗に繰り広げられた光源氏の愛と葛藤の物語を、新鮮な感覚で「現代」のよみものとして、甦らせた大ロマン長編。

田辺聖子著

田辺聖子の古典まんだら（上・下）

古典ほど面白いものはない！『古事記』『万葉集』から平安文学、江戸文学……。古典をこよなく愛する著者が、その魅力を語り尽す。

向田邦子著
寺内貫太郎一家
著者・向田邦子の父親をモデルに、口下手で怒りっぽいくせに涙もろい愛すべき日本の〈お父さん〉とその家族を描く処女長編小説。

向田邦子著
思い出トランプ
日常生活の中で、誰もがもっている狡さや弱さ、うしろめたさを人間を愛しむ眼で巧みに捉えた、直木賞受賞作など連作13編を収録。

向田邦子著
男どき女どき
どんな平凡な人生にも、心さわぐ時がある。その一瞬の輝きを描く最後の小説四編に、珠玉のエッセイを加えたラスト・メッセージ集。

向田邦子著
碓井広義編
少しぐらいの嘘は大目に
―向田邦子の言葉―
没後40年――今なお愛され続ける向田邦子の全ドラマ・エッセイ・小説作品から名言・名ゼリフをセレクト。一生、隣に置いて下さい。

妹尾河童著
河童が覗いたヨーロッパ
あらゆることを興味の対象にして、一年間で歩いた国は22カ国。泊った部屋は115室。旺盛な好奇心で覗いた〃手描き〃のヨーロッパ。

妹尾河童著
河童が覗いたインド
スケッチブックと巻き尺を携えて、〃覗きの河童〃が見てきた知られざるインド。空前絶後、全編〃手描き〃のインド読本決定版。

さくらももこ著
そういうふうにできている
ちびまる子ちゃん妊娠!? お腹の中には宇宙生命体=コジコジが!? 期待に違わぬスッタモンダの産前産後を完全実況、大笑い保証付!

さくらももこ著
憧れのまほうつかい
17歳のももこが出会って、大きな影響をうけた絵本作家ル・カイン。憧れの人を訪ねる珍道中を綴った、涙と笑いの桃印エッセイ。

さくらももこ著
さくらえび
父ヒロシに幼い息子、ももこのすっとこどっこいな日常のオールスターが勢揃い! 奇跡の爆笑雑誌「富士山」からの粒よりエッセイ。

さくらももこ著
またたび
世界中のいろんなところに行って、いろんな目にあってきたよ! 伝説の面白雑誌『富士山』(全5号)からよりすぐった抱腹珍道中!

岡本太郎著
美の呪力
私は幼い時から、「赤」が好きだった。血を思わせる激しい赤が——。恐るべきパワーに溢れた美の聖典が、いま甦った!

岡本太郎著
美の世界旅行
幻の名著、初の文庫化!! インド、スペイン、メキシコ、韓国……。各国の建築と美術を独自の視点で語り尽くす。太郎全開の全記録。

安部公房著
他人の顔
ケロイド瘢痕を隠し、妻の愛を取り戻すために他人の顔をプラスチックの仮面に仕立てた男。――人間存在の不安を追究した異色長編。

安部公房著
壁
戦後文学賞・芥川賞受賞
突然、自分の名前を紛失した男。以来彼は他人との接触に支障を来し、人形やラクダに奇妙な友情を抱く。独特の寓意にみちた野心作。

安部公房著
砂の女
読売文学賞受賞
砂穴の底に埋もれていく一軒屋に故なく閉じ込められ、あらゆる方法で脱出を試みる男を描き、世界20数カ国語に翻訳紹介された名作。

安部公房著
箱男
ダンボール箱を頭からかぶり都市をさ迷うことで、自ら存在証明を放棄する箱男は、何を夢見るのか。謎とスリルにみちた長編。

安部公房著
飛ぶ男
安部公房の遺作が待望の文庫化！ 飛ぶ男の出現、2発の銃弾、男性不信の女、妙な癖をもつ中学教師。鬼才が最期に創造した世界。

安部公房著
(霊媒の話より)題未定
―安部公房初期短編集―
19歳の処女作「(霊媒の話より)題未定」、全集未収録の「天使」など、世界の知性、安部公房の幕開けを鮮烈に伝える初期短編11編。

太宰治著
斜陽

〝斜陽族〟という言葉を生んだ名作。没落貴族の家庭を舞台に麻薬中毒で自滅していく直治など四人の人物による滅びの交響楽を奏でる。

太宰治著
ヴィヨンの妻

新生への希望と、戦争の後も変らぬ現実への絶望感との間を揺れ動きながら、命をかけて新しい倫理を求めようとした文学的総決算。

太宰治著
人間失格

生への意志を失い、廃人同様に生きる男が綴る手記を通して、自らの生涯の終りに臨んで、著者が内的真実のすべてを投げ出した小説。

太宰治著
走れメロス

人間の信頼と友情の美しさを、簡潔な文体で表現した「走れメロス」など、中期の安定した生活の中で、多彩な芸術的開花を示した9編。

太宰治著
お伽（とぎ）草紙

昔話のユーモラスな口調の中に、人間宿命の深淵をとらえた表題作ほか「新釈諸国噺」「清貧譚」等5編。古典や民話に取材した作品集。

太宰治著
パンドラの匣（はこ）

風変りな結核療養所で闘病生活を送る少年を描く「パンドラの匣」。社会への門出に当って揺れ動く中学生の内面を綴る「正義と微笑」。

夏目漱石著
吾輩は猫である
明治の俗物紳士たちの語る珍談・奇譚、小事件の数かずを、迷いこんで飼われている猫の眼から風刺的に描いた漱石最初の長編小説。

夏目漱石著
坊っちゃん
四国の中学に数学教師として赴任した直情径行の青年が巻きおこす珍騒動。ユーモアと人情の機微にあふれ、広範な愛読者をもつ傑作。

夏目漱石著
三四郎
熊本から東京の大学に入学した三四郎は、心を寄せる都会育ちの女性美禰子の態度に翻弄されてしまう。青春の不安や戸惑いを描く。

夏目漱石著
それから
定職も持たず思索の毎日を送る代助と友人の妻との不倫の愛。激変する運命の中で自己を凝視し、愛の真実を貫く知識人の苦悩を描く。

夏目漱石著
こころ
親友を裏切って恋人を得たが、親友が自殺したために罪悪感に苦しみ、みずからも死を選ぶ、孤独な明治の知識人の内面を抉る秀作。

夏目漱石著
文鳥・夢十夜
文鳥の死に、著者の孤独な心象をにじませた名作「文鳥」、夢に現われた無意識の世界を綴り、暗く無気味な雰囲気の漂う、「夢十夜」等。

宮沢賢治著　新編 風の又三郎

谷川に臨む小学校に突然やってきた不思議な転校生――少年たちの感情をいきいきと描く表題作等、小動物や子供が活躍する童話16編。

宮沢賢治著　新編 銀河鉄道の夜

貧しい少年ジョバンニが銀河鉄道で美しく哀しい夜空の旅をする表題作等、童話13編戯曲1編。絢爛で多彩な作品世界を味わえる一冊。

宮沢賢治著　注文の多い料理店

生前唯一の童話集『注文の多い料理店』全編を中心に土の香り豊かな童話19編を収録。イーハトヴの住人たちとまとめて出会える一巻。

天沢退二郎編　新編 宮沢賢治詩集

自己の心眼と森羅万象との絶えざる交流と融合とによって構築された独創的な詩の世界。代表詩集『春と修羅』はじめ、各詩集から厳選。

宮沢賢治著　ポラーノの広場

つめくさのあかりを辿って訪ねた伝説の広場をめぐる顚末を描く表題作、ブルカニロ博士が登場する「銀河鉄道の夜」第三次稿など17編。

武者小路実篤著　友情

あつい友情で結ばれていた脚本家野島と新進作家大宮は、同時に一人の女を愛してしまった――青春期の友情と恋愛の相剋を描く名作。

キャラヴァンは進む

銀河を渡るI

新潮文庫　さ－7－59

令和七年一月一日発行

著者　沢木耕太郎（さわきこうたろう）

発行者　佐藤隆信

発行所　株式会社新潮社

郵便番号　一六二―八七一一
東京都新宿区矢来町七一
電話　編集部（〇三）三二六六―五四四〇
読者係（〇三）三二六六―五一一一
https://www.shinchosha.co.jp

価格はカバーに表示してあります。

乱丁・落丁本は、ご面倒ですが小社読者係宛ご送付ください。送料小社負担にてお取替えいたします。

印刷・錦明印刷株式会社　製本・錦明印刷株式会社

ISBN978-4-10-123536-3　C0195